COBALT-SERIES

身代わり花嫁のキス

真船るのあ

集英社

身代わり花嫁のキス

目　次

身代わり花嫁のキス

登場人物紹介

高藤《たかとう》祐《ゆう》一郎《いちろう》

急成長を遂げた高藤物産の新社長。27歳。綾小路家の娘・澄霞との政略結婚の話が進んでいる。

長谷部《はせべ》
旧財閥の家柄・綾小路家の弁護士。

ルナ
爽人がバイトしている店によく来るニューハーフ。

泉《いずみ》 爽人《あきと》
両親を早くに亡くし、つつましく暮らす大学生。母親の実家について何も知らなかったのだが…？

イラスト／緒田涼歌

身代わり花嫁のキス

──まいったな……。

爽人《あきと》の背筋を、いやな汗が伝う。

三つ指をついて頭を下げ、その姿勢のままこっそり深呼吸する。

着物の胸元が圧迫されて、息がうまくできないのだ。

──しっかりしろ、爽人！　一世一代の大芝居。なんとしてでもやり遂《と》げてみせるぜ……！

爽人の決意を後押しするかのように、コン、と古式ゆかしい音を立て、鹿威《ししおど》しが鳴る。

一流ホテルの、みごとな日本庭園を望む高級料亭。

時刻は昼時を外した、午後二時。

ここでは今日、とある一組の男女の見合いが執《と》り行われようとしていた。


向かって床の間を背にした上座には、この数年で急成長を遂《と》げ、メディアなどで一躍《いちやく》その存在を世間に知られることとなった、高藤《たかとう》物産株式会社の新社長、高藤祐一郎《ゆういちろう》。

年齢は二十七。

清潔《せいけつ》に整えられた髪に、上品な美貌《びぼう》。身にまとうスーツや腕時計は、ブランドをひけらかさずとも一目で質の良いものだとわかる。

その貴公子然とした立ち振る舞いは、育ちの良さを醸《かも》し出していた。

まさに非の打ちどころのない、女性が一度は夢に見るであろう白馬に乗った王子が今、爽人の目の前にいる。

一方、爽人はといえば。

つややかな黒髪を結い上げ、みごとな加賀友禅《かがゆうぜん》の振り袖姿だ。

伏し目がちな瞳《ひとみ》をふちどる睫《まつげ》は長く、まさに花のかんばせといった大和撫子《やまとなでしこ》ぶりも板についている。

——当然だ。この日のために血の滲《にじ》むような特訓を耐え抜いたんだからな……！

なるべく顔を正視されないよう、常にうつむき加減を守りながら、心の中で雄叫《おたけ》びを挙《あ》げる。

泉《いずみ》爽人、当年とって二十歳《はたち》。

性別はなにを隠そう、れっきとした成人男子である。

「まぁまぁ、澄霞《すみか》さん、そう固くならずにお顔をお上げになって」

仲人《なこうど》の夫人がよけいなことを言い出すので、内心舌打《したう》ちしながら爽人はハンカチで口元を隠しながら答える。

「すみません、わたくし、初めてのお見合いですので、緊張してしまって……」

深窓《しんそう》の令嬢というキャラ設定を忘れず、『澄霞』として奥ゆかしく微笑《ほほえ》むと、祐一郎も実に魅力的な笑顔で応じてくれた。

「実は僕もですよ。お互いさまということで、気楽にやりましょう」

彼に真正面から見つめられると、なぜだか鼓動《こどう》が早くなってしまう気がして、爽人は再びうつむいた。

——相手がいくらいい男だからって、な〜にどぎまぎしてんだ、俺⁉ しっかりしろっ！

そう自分に喝《かつ》を入れる。


なぜ、爽人がカンペキな女装姿で男と見合いをするハメに陥《おちい》ったのか？

それは話せば実に長くなるが、話は約三週間前にさかのぼる。

◇　◇　◇

「あ～～～腹減ったなぁ～～～～～～～～～～」

三週間前。

築三十五年のオンボロアパートで、爽人はすきっ腹を抱えてごろごろしていた。

動くとよけいに腹が減るので、エネルギーを消費しないようなるべく動かないようにしても、やがて限界はやってくる。

――やっぱ一日一食じゃキツイよなぁ……。

空腹をまぎらわすためにやかんに注いだ水道水をがぶ飲みし、考える。

夕食は、現在アルバイトに通っているダイニングバーで賄《まかな》いを食べさせてもらえるので食費はかからない。

日に焼けて擦《す》り切れた畳《たたみ》の上で仰《あお》向《む》けになったまま、棚の上に飾ってある小さな仏壇《ぶつだん》を見上げる。

――父さん、母さん、お供えも水ばっかでごめんな。

小さな仏壇の中で微笑む父と母の写真に向かって、心の中で語りかける。

爽人が小学生の頃、父を事故で亡くした母は、女手一つで懸命《けんめい》に働いて爽人を育ててくれたが、無理が祟《たた》ったのか二年前、五十前という若さにもかかわらず心筋梗塞《しんきんこうそく》であっけなく亡くなってしまった。

まだ爽人が十九で、希望していた大学に合格したばかりの頃だった。

突然の母の死に、しばらくはショックでなにをする気力も湧かなかったが、すぐにそんな悠長《ゆうちょう》なことを言っていられる状態ではなくなった。

母がいなくても毎月家賃は発生するし、食料も買わなければならない。

もともとアルバイトはしていたものの、一人で生活しなければならなくなって、爽人は仕事を効率よく稼《かせ》げる夜のバイトに変えた。

幸い、母が入っていた保険金で大学の授業料はなんとかなりそうなので、あとは大学を卒業するまで凌《しの》げればいい。

生活はいつもぎりぎりだったが、それでもここまで逼迫《ひっぱく》してはいなかった。

この極貧《ごくひん》は、なにかの時のためにと爪《つめ》に火を灯すようにこつこつ貯《た》めた三十万を大学の友人に貸してしまったせいだ。

学生のくせに競馬好きで知られる大学の同級生に拝《おが》み倒され、このままでは親に金融会社からの借金を知られてしまうと泣きつかれて、やむなく貸したとたん、彼は大学を中退し、あっという間に消息不明になってしまった。

聞けば爽人と同じように金を貸してしまった友人が何人もいたことを知り、愕然《がくぜん》としたがあとのまつりだった。

母が爽人のために遺《のこ》してくれた保険金には、なにがあっても手はつけられない。

そんなこんなで、月末が迫った今、爽人は銀行通帳の預金残高がかぎりなくゼロに近付く日々を送っていた。


「あ〰〰どっかのドラマみたいに、ぎっしり札束が詰まったトランクでも落ちてないかな〰〰」

そんな夢のような独《ひと》り言《ごと》をつぶやきながら、大学の講義の時間が迫っていたのでやむなく起き出し、支度をする。

――授業が終わればバイトだ。そしたらごはんが食べられる。それまで耐えろ、俺！

なにしろ食事ができるというだけでバイトがなによりの楽しみになっている毎日に、これでいいのかと自問自答するが、当分はこの生活が続くのはやむをえなかった。

少し早いがそろそろ戸締まりをして出かけるか、と考えた時、玄関のドアがコツコツとノックされる。

「新聞なら間に合ってるよ」

台所の開いている窓に向かって、そう答えると。

「こちらは泉さんのお宅でしょうか？」

まだ若い男の落ち着いた声が聞こえてきた。

「そうだけど？」

「恐れ入りますが、爽人さんはいらっしゃいますでしょうか？」

自分の名を出され、爽人はようやく鍵を外して玄関を開ける。

目の前に立っていたのは、スーツ姿の男だった。

歳《とし》は、三十代後半といったところか。

その隣には、同じくスーツ姿の、こちらは六十代とおぼしき白髪で痩《や》せ形の男性が同行していた。

「おおっ……」

老人は、なぜか爽人の顔を見るなり、驚きのあまり絶句している。

——な、なんだ、このじいさんは？

ややたじろぎつつ、爽人は若いほうに質問した。

「……どちらさまですか？」

眼鏡《めがね》をかけた、理知的な風貌《ふうぼう》の彼は、爽人に向かって名刺を差し出した。

「申し遅れました。私は小宮《こみや》法律事務所から参りました、長谷部《はせべ》ともうします」

受け取った名刺に『弁護士』とあるのを見て、爽人は眉《まゆ》をひそめる。

一見すると善人そうに見えるが、その実どこか腹に一物《いちもつ》ありそうな長谷部に、警戒心が先に立つ。

「……爽人は俺だけど、弁護士さんがいったいなんの用なんですか？」

心当たりはまったくないので、正直とまどうしかない。

「順を追って説明させていただきますので、まずは上がらせていただいてもよろしいでしょうか？」

「……かまわないけど、授業に出なくちゃいけないんだ。手短に済ませてください」

「かしこまりました」

玄関からすぐの居間に通すと、長谷部はさっそく話を進めた。

「こちらは綾小路《あやのこうじ》家にお仕えされている家令《かれい》の、本橋《もとはし》さんとおっしゃいます」

「初めまして。お初にお目にかかります」

と、紹介されて老人が深々と頭を下げる。

――綾小路……いかにも金持ちって感じだな。

今どき家令か、と爽人は内心驚く。

だが、そんな連中が、ボロアパートに住む自分にいったいなんの用があるというのだろう？

話を促《うなが》すように弁護士に視線を向けると、彼は鞄《かばん》から茶封筒を取り出し、中に入っていた書類を爽人に差し出した。

「爽人さんのお母さまの名前は、泉あかねさん、お父さまは泉泰之《やすゆき》さんでお間違いないですね？」

「確かに……そうだけど」

「失礼ながら、興信所《こうしんじょ》を使って調査させていただきました。今から二十数年前、あかねさんは泰之さんと知り合い、恋に落ちましたが、当時あかねさんには親の決めた許嫁《いいなずけ》がいたそうで、交際を大反対されたお二人は手に手を取って駆け落ちをなさった。この話は聞いておられますか？」

「……あんまり詳しいことは、知らないけど」

幼《おさな》い頃から、まるでなにかから逃れるように定期的に引っ越しを繰り返し、全国を転々とするような生活だった。

――どうして僕には、おじいちゃんおばあちゃんがいないの？

友達にはオモチャを買ってくれる祖父母がいるのがうらやましくて、母にそう尋《たず》ねると、母はひどく悲しそうな顔になった。

――ごめんね、爽人。みんなお母さんがいけないの。爽人のおじいちゃんよりおばあちゃんより、お父さんを選んでしまった母さんが悪いのよ。

その時の母がかわいそうで、爽人は子供心に悪いことを聞いてしまったと後悔した。

その時は意味がよくわからなかったが、やがて成長するにつれ、両親が『駆け落ち』をしたのだとうすうす察するようになった。

頼る親戚縁者《しんせきえんじゃ》もなく、つましくひっそりとした生活だったが、爽人は両親に愛されて育ったのでなんの不満も感じなかった。

二人がいてくれるなら、オモチャを買ってくれる祖父母なんかいらないと思っていた。

その大切な両親を相次いで亡くした悲しみがよみがえってきて、爽人はうつむく。

すると弁護士の長谷部が、言った。

「綾小路家は旧財閥《ざいばつ》で、由緒《ゆいしょ》正しいお家柄です。ここまでのお話でだいたいの察しはつくでしょうが、あかねさんは綾小路家のご令嬢でした」

「……え!?」

一瞬なにを言われたのかわからず、思わず聞き返すと、もう我慢できなくなったかのように老人が身を乗り出した。

「爽人さまのお身体《からだ》には、綾小路家の血が流れているのでございますよ……！　すなわち、後継者ということです」

――俺が、綾小路家の後継者……？

あまりに唐突《とうとつ》な話で、ぽかんとしてしまう。

「このようにご立派に成長なされて……わたしくは感無量《かんむりょう》でございます」

家令の老人がついに堪え切れなくなったようにハンカチで目元を拭《ぬぐ》い出してしまったので、爽人は驚くタイミングを完全に外してしまった。

「ちょ、ちょっと待ってよ……なんかの間違いじゃないの？」

「いいえ、間違いございません。興信所の調査でも明らかですし、爽人さまのお顔を拝見した瞬間、さらに確信いたしました。あかねさまには一つ年下の弟ぎみがいらっしゃいますが、そのお嬢さまでらっしゃる澄霞《すみか》さまにまさに生き写し。双子と言っても通るほど似ていらっしゃいます」

言いつつ、老人は懐《ふところ》から一枚の写真を取り出した。

それは一族そろって写真館で撮られたらしい、写真だった。

最前列中央の椅子に座った老夫婦が自分の祖父母だと、聞かなくてもすぐにわかった。祖母の面差《おもざ》しは、母にそっくりだったからだ。

その両脇に立つ四十代後半とおぼしき夫妻と、振り袖姿の二十歳《はたち》そこそこの娘。

これが母の弟夫婦と娘、つまり爽人の従妹《いとこ》なのだろう。

なるほど、澄霞の容貌は驚くほど自分によく似ていた。

「いずれ遺産相続などの手続きなどもありますので、その際はＤＮＡ鑑定を受けていただくことになるかとは思いますが、まずまちがいはないでしょう。まずは引っ越しの準備ですね。それから、こちらの書類ですが……」

と、弁護士が矢継《やつ》ぎ早《ばや》にさらなる書類を出そうとするのを、爽人は慌《あわ》てて制止した。

「ま、待った！　引っ越しって、なに!?」

「あなたの祖父母、つまり前綾小路家当主ご夫妻は、孫であるあなたが天涯孤独《てんがいこどく》の身の上となったことを知り、いたく心を痛めておられます。ひいてはあなたをお屋敷へ引き取りたいとおっしゃられ、今こうして我々がその代役として出向いてきたというわけです」

弁護士の口調は、よもや爽人がこのすばらしい申し出を断るなど、微塵《みじん》も考えていないような断定的なものだった。

その上から目線に、爽人は少しむっとする。

「俺はもうすぐ二十一になるし、立派に成人してます。引き取ってもらう歳じゃない」

「しかしですね……」

「爽人さま、旦那さまご夫妻のお子さまはあかねさまと弟の斉昭《なりあき》さまのお二人だけ。斉昭さまのお子さまは澄霞お嬢さまだけなので、実質綾小路家の跡取りは爽人さま、あなたさまだけなのでございます。旦那さまは、爽人さまを引き取り、しかるべき教育を受けさせた後に正式な後継者としてお披露目《ひろめ》したいと申されているのですよ?」

本橋の必死の訴えを聞き、爽人はますます白けた。

――なんのことはない、二十年以上も母さんたちのことを無視しといて、いざ跡継ぎの男子ができなかったからって俺を引き取ろうってことか。

ずいぶんとまた、虫のいい話だ。

父を亡くしてからは母子家庭ということもあり、母は自分のおしゃれなど二の次で、これ以上ないくらいつましい生活を送ってきた。

もし本当に母が名家の令嬢だったのなら、ずいぶんとつらかったことだろう。

――もっと早く探してくれてたら、母さんは過労で死ななくて済んだかもしれないのに。

逆恨《さかうら》みする筋合いではないが、どうしてもそう考えてしまう。

ようやく話の趣旨《しゅし》を理解するとだんだんむかっ腹が立ってきて、爽人はすっくと立ち上がった。

「時間だ。悪いけど、帰ってくれないか？」

「あ、爽人さま……？」

「母さんがどこの家の娘だったかなんて、今の俺にはなんの関係もない。俺は一人でなんとかやってるし、そっちのお屋敷とやらに行く気はないって、伝えておいてくれよ」

一寸《いっすん》の虫にも五分《ごぶ》の魂《たましい》。

なぜだかそんなことわざが、頭に浮かんだ。

父を亡くした後、どんなに生活に困っても、母は決して実家に頼ろうとはしなかった。

それは自分が捨ててきた過去への決別と、意地もあったのだろう。

――だから俺も、母さんの遺志を継ぐ。

なんの迷いもなくきっぱりと拒絶した爽人に、突然の訪問者たちは言葉を失っていた。

家令の老人はあからさまにがっかりした様子で肩を落としているが、長谷部のほうはなぜか薄笑いを浮かべてとりなす。

「そうおっしゃらず、一度だけでもお会いになってはいかがです？　失礼ながら、楽な暮らしはされていらっしゃらないようですし」

この不躾《ぶしつけ》な物言いに、爽人はかっとなった。

「会わないって言ってるだろ。もう二度とこないでくれ」

「爽人さま……」

家令の老人には罪悪感を感じたが、爽人は彼らを追い返し、憤然《ふんぜん》と大学に向かったのだった。


「で、断っちゃったのぉ？　もったいな〜い！」

綺麗《きれい》なダークブラウンにカラーリングした髪を掻《か》き上げ、カウンター席から身を乗り出して聞いた美女は、通称ルナさん。

本名は政則《まさのり》という立派な男性だが、ぱっと見は二十代後半の女性にしか見えない。

ちなみに本人いわくニューハーフ歴は五年で、女性ホルモン注射はしているらしいが上も下もまだ工事前、らしい。

ここは、新宿駅《しんじゅく》から少し離れた裏路地にあるダイニングバー『イカロス』。

爽人の勤める店である。

朝五時まで営業しているせいか水商売の人々が帰宅前にほっとくつろげる癒《いや》しスポットとし

て知られ、人気がある。

ことに寡黙《かもく》なマスターがさっと作ってくれる夜食の数々が絶品で、それを目当てに通う客が多く、ルナもその一人だった。

店がオープンしたばかりの今の時間はまだ客もまばらなので、今日も出勤前に同僚たち数人を引き連れ、『マスター、なにか作って♡』と飛び込んできたルナは、マスターお手製のフンギポルチーニのリゾットをぱくつきながら、爽人に言う。

「でもさ、そんなおいしい話、ほんとにもったいないわよ。お母さんの実家がそんなお金持ちなら、爽人ちゃんだって昼大学、夜バイトなんて大変な生活しなくて済むんだし」

「そうよそうよ、あたしなら大喜びでお屋敷に引き取ってもらっちゃうわぁ」

耳ざとく話を聞いていたルナの同僚、つまりは美しく着飾ったニューハーフたちも口を挟んでくる。

彼らが集団で食事をしていても、さして違和感のない街、それが新宿なのかもしれない。

「そんなこと言ったって、キャサリンさん。二十年以上もおふくろを探しもしないで、いざ跡継ぎがいないからってのこのこ探しにきたような連中っすよ？　冗談じゃない」

カウンターでグラスを磨きながら、爽人は憤然とする。

黒の蝶ネクタイに白いワイシャツ、黒のロングエプロンとギャルソン風の制服は細身の爽人によく似合っていた。

「だいたい、あいつら、母さんの仏壇に線香一本上げずに跡継ぎの話しかしないんですよ？　ふざけんなってんだ」

憤《いきどお》りを隠せず、爽人は吐き捨てる。

いくら困っていても、あんな連中だけは頼りたくない。

天国の母だって、きっとそう思っているはずだ。

それは爽人のささやかな意地だった。

そんな彼らのやりとりを、傍《かたわ》らのマスターはカクテルを作りながら静かに聞いている。

三十代前半とおぼしき彼の素性《すじょう》は謎に包まれ、誰もくわしくは知らない。

以前の職は大学教授だったという噂《うわさ》もあるが定かではなく、誰に問われても本人はいつも笑って答えない。

そのミステリアスな雰囲気《ふんいき》に惹《ひ》かれ、口説《くど》いてくる常連客は男も女もいたが、彼らのプライドを損ねず誘いをやんわりとかわすその手腕は手慣れたものだった。

爽人の大学の友人がたまたまこの店でバイトをしていて、彼が辞《や》めるというので、入れ替わりに雇ってもらって以来、もうすぐ二年になる。

ルナの言う通り、日中は大学で授業、夜は深夜までバイトという生活はきついにはきつかったが、今ではもうだいぶ慣れた。

マスターは優しいし、バイトの時給も昼のものよりずいぶんいい。

毎日楽しく働けるし、賄《まかな》いは出るしで、取り立てて不満はなかった。

「私も、ほいほいついて行っちゃうかも。って、この格好だと、向こうからお断りされちゃうと思うけど」

けらけらと自らを茶化し、ルナはごちそうさま、と綺麗に空《から》になった皿を爽人に返し、ナプキンで唇《くちびる》を拭《ぬぐ》う。

「う～ん、何度食べてもおいしいわね、マスターのお料理って」

「ですよね、俺もここの賄いだけが一日のうちで一番の楽しみで」

つい合槌《あいづち》を打ってしまうと、マスターが手を止め、爽人をふりかえる。

「爽人くん、ひょっとしてうちでしか食事してないんじゃないだろうね？」

しまった、という思いが顔に出てしまったのだろう。

返事を聞く前に、マスターが眉をひそめる。

「ダメだよ、まだ育ち盛りなんだから。一日一食なんて」

「そうよ、爽人ちゃん、ただでさえ細いんだから」

「だ、大丈夫ですよ、食べられる時には食べてるし」

彼らを心配させまいと、必死で言い訳する。

するとルナが目を輝かせて言った。

「だからうちの店で働けばって前から言ってるじゃない。爽人ちゃんなら、すぐナンバーワンになれるわ。私の目にくるいはないわよ」

「そうよ、そうなさいよ」

「爽人くん、可愛いんだもの。う～ん、もう食べちゃいたい♡」

ニューハーフたちからの大合唱を受け。

「え、遠慮しときます……」

きっと女装が似合うはず、とルナからの再三のスカウトをかたくなに拒《こば》み続けている爽人である。

「ほ、ほら、皆さん、いつまでうちで油売ってるんですか？　そろそろ出勤しないとまずいですよ」

「あん、わかってるわよぉ。爽人くんがおもしろい話はじめるから、ついつい長居しちゃったんじゃない」

「ごちそうさまでしたぁ～～～」

と、にぎやかな一団が会計を済ませて帰っていく。

彼らと入れ替わりに、店はだんだんとにぎわいを見せ、爽人は目まぐるしく立ち働く。取り立てていいこともなく、平凡だけどそれなりに充実している毎日。

今のままで、自分は充分しあわせだ。

突然ふって湧いて出た祖父母とご大層《たいそう》な家などと、関わるつもりはなかった。


と、腹立ち紛れに、店で話のネタにしてしまった爽人だったが。

それから数日が過ぎ、忙しさに追われているうちに、いつのまにかそんな一件があったことなどすっかり忘れていた。

この日も大学から店に直接向かい、バイトに励んでいると。

「マスター、ごはん食べさせてぇ」

いつも通りの時間にルナが顔を覗《のぞ》かせたので、爽人は苦笑する。

「いらっしゃいませ、今日はお一人ですか？」

「そ。あの子たち連れてくるとうるさいんだもの。今日は一人で、マスターと爽人くんの美貌をじっくり鑑賞しながら優雅にお食事しよっかな〜って思って」

軽口を叩きながら、ルナはカウンターに陣取る。

すると続いて店の入口が開いたので、爽人はそちらへ顔を向けた。

「いらっしゃいませ」

いつも通りにこやかに客を出迎えたが、入ってきた人物を見た瞬間、笑顔が強張《こわば》る。

そこに立っていたのは、あの長谷部という弁護士だったのだ。

「やぁ、こんばんは。お部屋に伺いましたが、お留守だったので、こちらだろうと思ってお邪《じゃ》魔《ま》させていただきました」

と、まったく悪びれる様子もなく、カウンターの片隅に下げていた鞄を置く。

こないだはバイト先など、当然教えていない。

ということは、興信所で調査させた情報を元にここへやってきたのだと思うと、不快感はさらに増した。

「……人の仕事場までできて、いったいどういうつもりなんですか？　こないだの話なら、断ったはずですけど」

「ええ、わかってます。ですが、少しだけ話を聞いてもらえませんか？」

話のやりゆきから、相手が誰か察したのか、マスターとルナも固唾《かたず》を呑んで見守っている。

「とにかく、お仕事が終わるまでこちらで待たせていただきます」

するると、長谷部の言葉に、マスターが店の奥にあるソファー席を指し示す。

「そんな、困りますっ」

爽人が、なんとか彼を追い返そうとすると。

「まだ空《す》いているので、お話でしたらどうぞあちらの席をお使いください」

「……マスター」

「なにかあったら、呼びなさい」

店内の、自分が目の届くところで話をさせ、爽人への非礼は許さない。

そんなマスターの優しさが伝わってきて、爽人はありがたくそれに甘えることにした。

「ありがとうございます」

そこで長谷部を促し、隅《すみ》のソファーへと移動する。

「手短に済ませてください。仕事中ですから」

不機嫌に告げるが、長谷部は平然としたものだ。

「いや、これはもうしわけない。すぐに済ませます」

口ではそう言いながらも、しゃあしゃあとしている。

どうやら相当面《つら》の皮が厚いらしい。

「実は、ここだけの話なんですけどね」

席に落ち着くと、彼は声をひそめて身を乗り出してくる。

「綾小路家が現在、経済的に困窮《こんきゅう》しているのをご存じですか？」

「……そんなの、俺が知ってるわけないでしょう。なんの関わりもないんだから」

無関係を強調するが、長谷部はかまわず続ける。

「現当主……つまり、お母さまの弟さんの斉昭《なりあき》さんが前当主にはないしょで慣れない相場に手を出して、所有していた土地やビルをほとんど借財のカタに取られてしまいましてね。あれだけの屋敷を維持《いじ》するのにも、莫大《ばくだい》な費用がかかります。現状はずいぶん苦しくて、現当主は経済的援助を受けるために、娘の澄霞《すみか》さんを高藤《たかとう》物産の若社長に嫁がせることにしたんです。まぁ、いわゆる政略結婚というやつですね」

そう広い店ではないので、耳をそばだてればかろうじて会話は聞こえるのだろう。マスターもルナも、耳に全神経を集中させているらしく、動きが止まっている。

なにかあったらすぐ仲裁《ちゅうさい》に入ってくれる気なのだろう。

その気遣《きづか》いが嬉しい反面、鉄面皮《てつめんぴ》の長谷部にはさらに腹が立つ。

「高藤物産のほうも、最近急成長してきた成り上がり……おっと、失礼。まぁ、ぶっちゃけた言い方をすれば新興成金ですから、由緒《ゆいしょ》正しい家柄との縁組みは大歓迎なわけです。金と家柄のギブアンドテイクってことですね」

「……あの、だから、それが俺といったいなんの関係があるんですか?」

今はまだ客の姿はまばらだが、もうすぐ混み始める時間になると思うと気が気ではなく、爽人は思わず苛立《いらだ》った声を出す。

「ああ、本題はここからです。それで見合いの日取りが二週間後に決定したのですが、澄霞さんにはどうも親に反対されている恋人がいたようでして。これがまた、金にもならないギターなんぞ弾いているフリーターで、ご両親が反対するのももっともなんですけどね。いったんは彼と別れ、見合いすると承諾《しょうだく》したんですが、ゆうべのうちにどうもこの男と駆け落ちしてしまったらしいんです」

——まさか……な。

内心いやな予感がして、爽人は無言で長谷部を見つめ、先を促す。

「いやはや、あなたのお母上といい、名家の令嬢というのは向こう見ずですね。……っと、失礼」

爽人に睨《にら》まれ、長谷部は続ける。

「先方はこの縁組みにとても乗り気なので、今さら延期はできません。今、興信所を使って二人の行方《ゆくえ》を徹底的に捜索している最中なのですが、万一の保険として爽人くんに代役を務めてもらえないかと考えまして」

「代役……？」

「いえ、これはまだ私の独断なんですけどね。双子とまちがうほど似ている爽人くんなら、万一見合いまでに澄霞さんが見つからなかったとしても見合いの、ほんの一、二時間程度ならなんとかごまかせるんじゃないかと。ああ、ご心配には及びませんよ。大丈夫、見合いと言っても実質結婚は確定しているわけですから、多少のことではこの縁談は流れませんから。最悪、居てくれるだけでいいんです」

つまり、断られないから爽人の女装に魅力がなくて、先方に気に入られなくても大丈夫、と言いたいらしい。

あまりに勝手な言いぐさに、爽人の我慢もついに限界を迎える。

「……あんたなっ！」

思わず立ち上がり、罵倒《ばとう》しようとすると。

「ちょっと、さっきから黙って聞いてりゃ、よくもまぁそんな勝手な理屈をべらべらとほざけたもんだわね！」

いつのまに背後まで接近していたのか、ピンヒール履《ば》きのルナが仁王《におう》立ちで腕組みしていた。

「ル、ルナさん⁉」

「悪いけど、聞かせてもらったわよ。今ドキ政略結婚なんて流行《はや》らないもん押しつけるから、そのお嬢さんだって逃げ出したんじゃないの？　それを、よりにもよって！　ずっとほっぽといた爽人くんにおハチを回してくるなんて、図々しい通り越して呆《あき》れるわ」

マシンガンの弾のごとく連射されるルナの罵倒にも、長谷部はまったく動揺する様子もなく、へらへらと人を小馬鹿《こばか》にした笑みを浮かべる。

「なんだ、お近くにいいお手本がいらっしゃるじゃないですか。どうです？　あなた、爽人くんに女装の指導してくださったら、報酬《ほうしゅう》を出しますよ？」

「あんたねぇ!!」

ルナがさらに怒鳴ろうとするのを、爽人は片手で制す。

そしてその指で入口を指し示し、冷たい声で宣告した。

「お引き取りください。あなた方の、荒唐無稽《こうとうむけい》なバカ話に付き合うつもりはありません」

なぜ自分が女装してまで、綾小路家の危機を救ってやらなければならないのか。

寝言は寝て言えと、言ってやりたい気分だった。

だが、長谷部は少しも慌てる様子もなく、ソファー席で足を組み替える。

「おやおや、そんな強気な発言をなさってよろしいんですか？」

「……なんだと？」

「失礼ですが、経済状況は調べさせていただきましたよ。ご友人に騙《だま》されて、貯金残高は限りなくゼロに近く、いつ電気や水道が止まるか、といった瀬戸際《せとぎわ》のようですね」

痛いところを衝《つ》かれ、爽人は沈黙する。

人の弱みにつけ込んで、つくづくいやな男だ。

「その分じゃ、俺の尻ポケットに入ってる財布の小銭の枚数まで知ってそうですね」

皮肉を言ってやると、長谷部は苦笑した。

「報酬ははずむと、申し上げたでしょう？　ずいぶんと生活は楽になるはずだ。一日三食は食べられるくらいには、ね」

「やっぱ爽人ちゃん、ごはんちゃんと食べてなかったのね」

ルナがぼそりと突っ込んだので、爽人は肩をすくめる。

それでもまだ爽人が黙り込んでいるので、長谷部が愛想笑いを浮かべて両手を打った。

「わかりました。それでは、こう考え方を変えてみましょうか。この縁談が流れれば、綾小路家の没落は確実でしょう。今まで交流がなかったとはいえ、当主夫妻はあなたのお母さまの血を分けたご両親です。その彼らを、知っていて見殺しになさるおつもりですか？　それで本当に、天国のお母さまがお喜びになるとでも？」

この言葉はさすがに、爽人の胸にぐさりと突き刺さった。

爽人自身は、母が早死にしてしまったことで彼らを恨《うら》んでいるが、生前、母は一度たりとも自分の両親を悪く言ったことはなかった。

戻れなくても、会えなくても、母は彼らを愛していたのだろうか？

——祖父母がどうなろうが、俺には関係ない。母さんをずっと放っておいた、あんな人たちを助ける義理なんてない。

そう言い張ろうとしても、心のどこかで引っかかりを感じてしまう自分がいる。

「もちろん、私に強制する権利はありません。ですが、ここで綾小路家に恩を売っておくのは、悪い話ではないと思いますよ。どうしてもお母さまのことで許せないとおっしゃるなら、身代わりを条件に金輪際《こんりんざい》縁を切るという方法もありますしね」

駄目《だめ》押しで説得を続ける長谷部に、再びルナがキレる。

「いつまでもベラベラしつっこい男ねぇ、爽人ちゃんはいやだって言ってるでしょ！　さっさと帰りなさいよ！」

それを押し止め、爽人は長谷部に向かって冷静に問う。

「報酬ははずむって、本当ですか？」

「ちょっと、爽人ちゃん!?」

「ええ、もちろんです」

それを聞いて少し考え、爽人は今度はルナに向き直る。

「ルナさん、俺に女装を教えてくれる？」

「そりゃ、私でよければ協力はするけど……でも、本気なの？」

それには答えず、爽人はようやく長谷部に返事をした。

「……わかった、百万払うなら、引き受けてもいい」

これには爽人を除くマスター、ルナ、長谷部と全員が驚いた。

「あ、爽人ちゃん!?」

「……なるほど、百万ですか」

「他にも条件がある。さっき言った通り、ルナさんにもきちんと指導料を払うこと。途中、交通費や衣装代なんかも、すべてかかった経費はそっちもち。それにもし、見合いまでの二週間以内に澄霞さんが見つかってお役御免《ごめん》になったとしても、こっちは時間潰《つぶ》して女装の特訓するんだ。ちゃんと報酬は支払ってもらう」

次々と条件を突きつけながら、爽人はひどく露悪《ろあく》的な気分になっていた。

「そして、手を貸すのはこれが最初で最後だ。今後は金輪際俺にかまわないと誓うなら、澄霞お嬢さまとやらの代役を演じてやるよ」

わざと高額な金額を提示したのは、それで引き下がればそれでよし、それでも条件を呑むというなら、今まで母を放置した慰謝料代わりにもらってやればいい。

今さら連絡を取ってきた祖父母への、意趣《いしゅ》返しの気持ちもあった。

――こいつが言ったみたいに、祖父母を助けるためじゃない。俺は俺なりに、彼らに復《ふく》讐《しゅう》するために引き受けるんだ……！

すると。

「わかりました。その条件をすべて呑《の》みましょう」

長谷部はあっさりそう了承《りょうしょう》した。

「前当主ご夫妻には、劇団員を雇って澄霞さんの身代わりをさせると説明してあります。さすがに、お孫さんに女装をさせると言っても了承しないでしょうしね。この件に関しては私に一任されていますので、お任せください。いえね、私もお抱え弁護士として、綾小路家には経済的に破綻《はたん》されては困るのですよ」

と、長谷部は意味深に笑う。

話を聞いたかぎりでは彼にとって綾小路家は古くからの顧客のようなので、なんとかして経済的破綻は避けようとするのはわかるが、こんなことを考えつくなんてうさんくさい弁護士だと爽人は思った。

「ですが、それだけの条件を呑むわけですから、爽人さんのほうも守秘義務はお守りいただだかないと」

「わかってる。誰にも言わない」

誰が好き好んで女装した話など言いふらすものか、と思いながらうなずく。

そこで長谷部は、鞄からビデオテープや写真を取り出してテーブルの上へ置いた。

「お部屋にビデオしかないようでしたので、ビデオテープにダビングしておきました。こちらに澄霞さんの映像が何点か選んで録画されています。彼女の所作や癖《くせ》などを練習しておいてください」

「……わかった」

どうせうちにはＤＶＤも液晶テレビもないよ、と爽人は内心ふてくされる。

「お引き受けいただけて嬉しいですよ。それでは詳細は追って連絡いたします。時間がありませんので、爽人さんのほうもさっそく準備に入ってください」

一方的に話をまとめると、長谷部はさっさと引き揚《あ》げていってしまった。

彼が店を出ていくと、さっそくルナが飛んでくる。

「ちょっと、爽人くん。あんな約束しちゃって、ほんとにいいわけ?」

「……いいんだよ。これで、あいつらと縁切りできるなら、二時間女装するのなんかどうってことないよ」

そう虚勢《きょせい》を張ってみせた爽人だったが、内心では早くも後悔しかけていた。

――まずいって……俺、女装なんかホントにできるのかな……？

当然のことながら、女装など一度もしたことはない。

すると、黙り込んでしまった爽人を元気づけるように、ルナが明るく言った。

「ま、まぁこれで爽人ちゃんがさっぱりできるんなら、それもありよね。ね？　マスター？」

「……そうですね」

一応口ではそう答えたものの、マスターはやや心配げだ。

「爽人くん、とりあえず一晩よく考えてから決めるといい。先方が無理を言っているのは明らかなんだから、断られてもしかたがないんだからね」

だが、マスターのその言葉に、迷っていた爽人は逆に決心がついた。

たった二時間で百万稼げる仕事なんか、ほかのどこを探したって見つかるはずがない。

――それに、見合い相手を騙し続けられればそれでよし。

もし失敗したとしたら、母を見捨てた綾小路家に復讐できる。

どちらに転んでも爽人に損はなかった。

「……ルナさん、いっしょにビデオ見て、衣装とか化粧品とか選んでくれる？」

「いいわよ。夜は仕事だから、日中暇を見ていろいろ教えてあげるわ」

「忙しいのに、すみません。ありがとう」

気のいいルナに、爽人は深々と頭を下げる。

やけくそだったが、もう後戻りはできなかった。

◇　◇　◇

こうして、爽人の特訓が始まった。

何度もビデオを見て、澄霞の癖や口調などを頭に叩き込む。

「こうやってみると、ほんとによく似てるわねぇ。従兄妹《いとこ》ってより、実の兄妹《きょうだい》みたい」

隣でいっしょにビデオを見ていたルナが、感心したようにつぶやく。

面倒見《めんどうみ》のよいルナは、ほとんど毎日のように店に出勤する前に爽人のアパートへ寄ってあれこれ世話を焼いてくれた。

洋服なども自分のものを貸してくれ、着方を教えてくれる。

「本番は着物だから、着付けの練習もみっちりしないとね。見合い後にも、もしかしたら会うかもしれないんでしょ？」

「そうみたい」

長谷部からは、澄霞の発見が万が一遅れる場合を考えて、念のためにふだん着にも着慣れておくように申し渡されていた。

「だったら、やっぱり洋服にも慣れとかなきゃね。私のだから、ちょっと大きいかもしれないけど、サイズが近くて助かったわ。まずは洋服で練習して、そのうち着物に慣れるようにしましょ」

「う、うん、わかった」

「それと、はいこれ」

言って、ルナが紙袋から取り出したのは、なんとブラジャーとパンティだ。

一応心積もりはしていたものの、現物を前にすると爽人はさすがに尻込みした。

「……こ、これつける……の？」

「なに当たり前のこと言ってんのよ。女物の服着て、中にトランクス履《は》く気？　ラインが出ちゃうでしょうが」

「それは……そうなんだけど」

「ほら、とりあえずつけてみる！　つけ方、わかるわよね？」

「…………わかった」

長い葛藤《かっとう》の末、ここまできて後へ引くわけにもいかず、爽人は清水《きよみず》の舞台から飛び降りるつもりで生まれて初めての女性用下着に足を通した。

女性はスカートの下にこんな小さな布きれ一つで闊歩《かっぽ》しているのか、と妙なところで驚嘆《きょうたん》させられてしまう。

背後に手がうまく回らず、ブラジャーのホックはルナにとめてもらった。

正面に置いた姿見の中では、裸の自分が上下の女性用下着を身につけた世にも珍妙な格好が映っている。

「なに落ち込んでるのよ?」

「……いや、今、金と引き替えになにか大事なものをなくしたような気が……」

ショックを受けている爽人を尻目《しりめ》に、ルナはてきぱき先へ進む。

「あと、ストッキングも買ってきたから、履いてみて」

「ス、ストッキング……」

シートに入ったそれをつまみ上げ、爽人は途方に暮れて眉根を寄せる。

慎重に包装を外さないと、足を通す前にうっかり伝線させてしまいそうだ。

こんなに薄く破れやすいものを、世の女性たちは毎日たやすく履いているのか、と感嘆を禁じ得ない。

「まずこうやって手を入れて、先端までたぐってから足を入れるのよ」

その器用さに、爽人は感心しながらなんとか履き方をルナから教わって足を通す。

ルナが買ってきてくれたストッキング三足のうち、二足を伝線させた末、三足目にしてやっと履くことに成功した。

この辺りで、すでに爽人はへとへとになっていた。

「……案外手がかかるわね、爽人ちゃん」

「だ、だってやったことないのにっ。やっぱ俺には無理かも……」

「なに言ってんの、弁護士さんにあれだけの啖呵《たんか》切った後で、やっぱりできませんなんて言えるわけないでしょ。さ、がんばって！　次はブラウスとスカートよ」

優しげな顔をして、ルナはけっこうなスパルタだった。

ルナが帰った後も、彼女が貸してくれた女物の洋服を着たり脱いだりして練習する。

――いったい俺はなにをやってるんだ……？

疲れ果て、一人アパートで履いたストッキングを脱ぎ捨て、爽人はむなしさを噛《か》みしめた。

今火事が起こって外へ逃げ出さなければならない羽目《はめ》に陥《おちい》ったとしたら、一巻の終わりだな、などと考えながら。

二週間は、長いようでいて意外と短い。

一日一日をムダにせずにルナの特訓は連日続き、爽人は三日で洋服の着付けと澄霞の所作を真似ることはなんとか一通りできるようになった。

「よしよし、とりあえず洋服はちゃんと着られるようになったわね。それじゃ次はお化粧よ」

「化粧……」

「そ。こっちのが難関よぉ。お化粧ってむずかしいんだから」

「そ、そんなの見合い当日だけ、ルナさんがちょこちょこっとしてくれればいいじゃない」

そう逃げようとするが。

「そうはいかないわよ。途中でお化粧崩れたらどうすんのよ？　直し方知っとかないとまずいでしょうが」

「…………はい」

観念し、爽人はルナが用意してくれた化粧品を前に、まず剃刀《かみそり》で顔剃りをされた。

「ん〜〜爽人ちゃん、お肌つるつるねぇ。うらやましい！　髭《ひげ》がほとんどないから、ファンデも薄くて済みそう♡」

「そ、そう……」

薄かろうが厚かろうが、化粧をすることに変わりはないので、基本爽人はブルーである。

次は、化粧水、乳液から始まり、美容液から下地クリームとわけがわからないまま顔に塗りたくられた。

「お、女の人って毎日こんなにいろんなもの顔に何層にも塗ってるの？　覚えられないよぉ」

「しょうがないわね、ほら、瓶《びん》に番号振っといてあげるから」

と、ルナが化粧品のラベルに一番から順に番号を書き込んでくれた。

そしてファンデーションを塗られ、頬紅《ほおべに》、アイシャドウ、マスカラとあれこれつけ方をレクチャーされるが、一度ではとても覚えきれなかった爽人は、ノートに図解つきメモを残した。

「ううっ、このファンデーションってのがべったりして気持ち悪いっ、皮膚《ひふ》呼吸ができないみたいだよっ」

世の女性たちは、毎日こんな艱難辛苦《かんなんしんく》を乗り越えて生活しているのか、と爽人は尊敬の念すら抱いてしまう。

まずはお手本ということで、ルナが澄霞の写真を見ながら仕上げを施していく。

「まるでキャンバスに絵を描く芸術家の顔してるね、ルナさん」

「呑気《のんき》ねぇ、爽人ちゃんったら」

仕上がりをじっくり眺《なが》めたルナは、満足げにうなずいた。

「完成！　思った通り、すっごい美人になったわよぉ。ほら♡」

手鏡を渡され、爽人はおそるおそるそれを覗き込む。

すると、鏡の中にはまさに澄霞に瓜二つの女性が映っていた。

「……うっわ、すげぇ！　澄霞さんにそっくりだ」

「もともと顔立ちが似てるから、お化粧で似せるのは楽だったわよ。ま、一応テクニックがいるんだけど」

得意満面で、ルナはそのノウハウを教えてくれたが、『アイシャドウは淡いピンクで薄く』やら『アイラインはブラウンで眦《まなじり》をぼかすように』だのと、爽人にとってはちんぷんかんぷんな内容だった。

爽人が飲み込みが悪いので、ルナは詳細《しょうさい》な図解をノートに書き加えてくれた。

「あと十日しか時間がないから、毎日練習してね」

「うん、ありがとう。ルナさんがいてくれて、ほんとに助かったよ」

と、爽人は心から礼を言う。

衝動的に安請け合いしてしまったものの、ルナの協力がなければどうにもならなかっただろうと思うと今さらながらぞっとした。

「お化粧に慣れたら、次は歩き方や身のこなしよ。当日は和服だから、そろそろ着付けの練習もはじめなきゃね」

そう言って、ルナがずらりと並べたのは着付けに必要な数々の道具だった。

爽人にはどれも初めて見るものばかりで、どれから着るのかもさっぱりわからない。

「着物の着付けか……できるかなぁ」

「昔はぜんぶ紐《ひも》でやるから大変だったけど、今は着付け用のゴムバンドがあるから、ずいぶん楽なのよぉ。はい、これの順番もメモ」

「……はい」

女性の装いとは、かくも大変なものなのか。

これらの順番をすべて憶《おぼ》えているルナを、爽人は心から尊敬した。

まず初めはルナに着付けをしてもらい、これまた順番をきっちり図解でメモしてから自分でチャレンジする。

「は～い、タイムトライアルよ。一分でも早く終わるようにね。はい、スタート！」

腕時計をストップウオッチ代わりにして、ルナが着付け完了までの時間を計る。

爽人は息せき切って着付けをしながら、質問する。

「ね、べつに急いで、着付け、する必要は、ないんじゃない？」

「帯が崩れて着付けしなおさなきゃいけないかもしれないでしょ～？　早くできるに越したことはないわよ。それに時間制限あると、集中できるしね♡」

……ルナの特訓は、やはりスパルタだった。

授業とバイト三昧《ざんまい》の息つく暇もない中、爽人は寝る時間を削って着付けの練習をする。

やるからには、カンペキを目指したい。

見合い当日、男だとバレるなどというみっともない真似はなるべく避けたい爽人は、真剣だ。

連日アパートの部屋には、着物や女装グッズが転がっているありさまが続いた。

そうした努力の甲斐《かい》あって、襟足の抜き方やおはしょりの配分、裾の高さなども上手に決められるようになるまでそう時間はかからなかった。

ルナの目の前で髪を整え、化粧をほどこす。

そして一から着付けをはじめてカンペキに仕上げ、箸《はし》の上げ下げまで振り袖姿で練習する。

和服での作法や所作は、実際に着付けて行うのが一番だからだ。

「さすが爽人ちゃん。上達早いわね。文句なしだわ」

「ほんとに!?　よかった～～」

死にものぐるいで努力した甲斐があった、と爽人はほっとする。

「さて、それじゃ次は……」

「ま、まだなにかあるの!?」

「ここからが肝心《かんじん》なのよ、次は一番大事な、発声法の練習よ」

「発声法？」

「そう。男と女の最大のちがいは声でしょ？　私たちニューハーフはこれを身につける人が多いんだけど、いくつか発声法があって、訓練次第で男でも女性の声を発声することが可能になるのよ」

確かに話し方のせいもあるのかもしれないが、生物学的にはまだ男性のルナの声は男性のものには聞こえない。

「へぇ……すごいけど……なんか大変そうだね」

「メラニー法って言ってね、メラニーさんって人が考えた説では、男の声の響きは喉仏《のどぼとけ》に主因があるらしくて、ここでの共鳴をコントロールすることで女の声に聞こえるようにすることができるらしいの。女声を出す時は、喉仏付近の筋肉を部分的に緊張させて、女性に聞こえるように共鳴をコントロールする。メラニーさんによれば、女声では喉仏の底半分を振動させるってことみたい」

「そ、そんな器用なこと、できるの？」

「実際に喉仏に手を当ててみると確認できるわよ。さ、練習練習！」

発声法を一通り学んだ後は、ビデオの澄霞のしゃべり方を真似、さらに練習を重ねる。

準備は万端《ばんたん》。

こうして爽人は、わずか二週間にしてカンペキな『淑女《しゅくじょ》』をマスターしたのである。


そして、いよいよ見合い当日。

爽人はすっかり慣れてきたメイクを自分でほどこし、朝一番で駆けつけてくれたルナの前で、特訓の成果を生かし、振り袖の着付けをきっちりこなした。

「めざましい成長だわ、爽人ちゃん。カンペキよぉ♡」

――こ、ここまでの道のりが長かった……。

今までの人生で、ここまで濃密な努力をした二週間はなかったのではないか、と爽人は自画自賛したくなる。

「ルナさんのコーチのおかげだよ」

長谷部が預かってきた、おそらくかなり高価であろう加賀友禅《かがゆうぜん》の振り袖は、それはみごとなものだった。

下手な洋服より、着物は男特有の身体のラインをうまく隠してくれる。

髪も、地毛の前髪を生かして結い上げた方が鬘《かつら》だとバレにくかった。

このあたりのノウハウはルナから伝授されたもので、彼女の協力がなければかなり苦戦したことだろう。

美容院に行くことなく、器用に鬘で髪まで結い上げてくれたルナに、爽人は感謝した。

そしてすべての準備が整い。

「は〜〜〜綺麗だわ〜〜〜〜」

ルナがうっとりとため息をつく。

「ほ、ほんと……？」

自信なさげなその晴れ姿を前に、ルナが真顔で言った。

「ね、爽人ちゃん。これが終わったらさ」

「ん？」

「やっぱりうちの店で働いてみない？」

「カンベンしてっ！」

ルナの熱烈勧誘をふりはらい、爽人はアパート前でタクシーを拾ってホテルへと向かった。

タクシー代がもったいないなと思ったが、なにせ慣れない振り袖で歩いて地下鉄に乗れる自信がなかったので、これも必要経費として申請しようとせこいことを考える。

——よ〜〜し、今日でぜんぶ終わるんだ。今日までの苦労は百万円で報《むく》われる。がんばれ、俺……！

そう自らを鼓舞《こぶ》し、爽人はホテルの正面玄関前で楚々《そそ》とタクシーから降りる。

そして、いざ本番。

緊張で顔を引きつらせつつ、爽人は見合いに臨《のぞ》んだ。

場所は、一流ホテル内にある日本食の名店。

風雅な日本庭園が見渡せる和室で、仲人を介した正式な見合いだ。

こうして爽人は一人、敵陣へと乗り込んだのである。

◇　◇　◇

かくして、戦地へ単身討ち入りを果たした爽人だったのだが。

想定外だったのは、祐一郎がかなりの美形だったことだ。

相手の情報などどうでもいいと、見合い相手の写真すら見ていなかったのだが、二代目ボンボンということで頭の軽そうな遊び人、もしくは成金風かと勝手に考えていたのだ。

――こんなイケメンで金持ちだったら、見合いなんかしなくたって引く手あまただろうに。この人も政略結婚の道具にされてるんだろうな……。

そう考えると、祐一郎が気の毒になってくる。

だが、金持ちの世界は自分たち一般庶民とは感覚がちがうのかもしれない。

爽人はなるべく奥ゆかしく見えるようにうつむき加減で、巧《たく》みに正視されるのを避ける。

メラニー法はマスターできたとは言い難《がた》かったが、口数を少なくすればなんとか乗り切れるだろう。

――落ち着け落ち着け……大丈夫、結婚するのは俺じゃないんだから。

そう、開き直る。

黒塗りの卓を挟んだ祐一郎との距離は、約一・五メートル。

やや遠目になるので、これも幸いした。

目の前には今まで口にしたこともない高級懐石料理がずらりと並んでいたが、緊張と帯の圧迫でほとんど喉を通らなかった。

――く、くやしい……っ、こんなご馳走《ちそう》目の前にして、食えないなんて……っ。

と、空腹の爽人は内心涙を呑む。

箸の上げ下げやマナーもまちがえないように必死で、それこそ食べた気がしない食事がようやく終わると、仲人がお決まりの文句を口にする。

「それでは、そろそろ若いお二人でお庭の散歩でもしていらしたらいかが？　こちらの日本庭園は、それはお見事なんですよ」

「そうですね。澄霞さん、よかったらお付き合い願えますか？」

「ええ、喜んで」

祐一郎に誘われ、爽人も控えめに同意する。

話す言葉は最小限に抑えたいために、敢《あ》えて反論はせずに従う。

料亭の個室を出てホテルの庭園へ出ると、その開放感に少しほっとした。

――祐一郎からは、三歩下がってその影を踏まずっ……！

ルナに教えられた通り、やまとなでしこの極意をぶつぶつと反芻《はんすう》しながら、内またで楚々《そそ》と歩く。

しかし草履《ぞうり》というものは、慣れないとひどく歩きにくい。

そんな爽人を、祐一郎は優しくリードするように歩き、庭園内にある石畳《いしだたみ》のベンチに自分のハンカチを敷いた。

「どうぞ」

「あ、ありがとうございます」

――なかなかの紳士じゃねぇか。

さすが一流企業の御曹司は毛並みがいいなと感心しつつ、行儀《ぎょうぎ》よく膝《ひざ》をそろえて座る。

「緊張されていたようですね。ご気分は大丈夫ですか？」

「え、ええ、すみません」

ハンカチで口元を押さえてうつむくと、祐一郎は首を横に振った。

「謝る必要はありません。本当のことを言うと、僕もああいう堅苦しい席は苦手なんですよ。仲人さんに略式でいいとお願いしたんですが、却下《きゃっか》されてしまいましてね」

「そうだったんですか」

合槌《あいづち》を打ちながら、いつ男だと見破られるかと内心はらはらしたが、祐一郎の方は怪しむ様子はまったくなかった。

「澄霞さんは、なにかスポーツはされるんですか？」

「ええ、テニスを少々」

「そうですか。僕は最近接待ゴルフで連れて行かれてからハマりましてね。やってみると、なかなか面白《おもしろ》いんですよ」

「まぁ、そうなんですか」

澄霞は今通っている女子大で、テニスサークルに所属している。

なにを質問されてもいいように、爽人は頭に叩き込んできた澄霞のプロフィールを必死で反《はん》芻《すう》する。

出身中学、高校、趣味、習い事。

両親の名前や屋敷の様子など、必要な情報はすべて長谷部が用意してくれた。

それを暗記することで、爽人は否応なくまだ一度も会ったことのない従妹《いとこ》の人生に触れることになった。

裕福な家に生まれ、最高級の教育を受け、なに不自由なく育った経緯《いきさつ》はそれだけでよく伝わってきた。

自分とは百八十度ちがう恵まれた人生に、羨望《せんぼう》を感じなかったわけではない。

——でも、俺は父さんと母さんに愛されて育った。それだけで充分なんだ。

そう、自分に言い聞かせる。

「近いうちに、一度コースごいっしょしませんか？」

――けっ、ブルジョアは呑気《のんき》なもんだよな。

腹の中で突っ込みながらも、爽人は恥じらいの演技を見せる。

「でも、わたくしにできるかしら？」

「僕でよければ、教えてさしあげますから」

「……祐一郎さんがそうおっしゃってくださるなら」

祐一郎の話術は巧《たく》みで、当たり障《さわ》りのない話題で『澄霞』を楽しませようとしていた。

そのセオリー通りの好青年ぶりと、まるでお見合いマニュアルに乗っ取っているかのような退屈な展開に、爽人は内心うんざりしてきた。

――前置きはいいって。なんだかんだ言ったって、しょせん、あんたは澄霞の家柄と結婚するんだろ。かっこつけるんじゃねぇよ。

そんな、意地の悪い見方もあった。

それからしばらくあたりさわりのない、実に見合いらしい会話が続き、爽人はそれになるべく最短の単語で答えた。

すると、祐一郎が言う。

「澄霞さんはおとなしい方ですね。僕の話はつまらなくないですか？」

――やばい。

あまり話が長引くと、バレる危険性はそれだけ高くなる。

なんとかこの辺でトンズラしてしまいたい。

焦るあまり、爽人はとんでもないことを口走ってしまった。

「……あの」

「はい」

「あまりお気を遣《つか》わないでください。わたくしたちは、家同士の結婚なんですから」

その言葉に、祐一郎が少し驚いたように爽人を見つめる。

——やっぱ、お嬢さまらしくなかったか……?

しまったと思ったが、あとのまつりだった。

もう、どうにでもなれとやけくそで、爽人は続ける。

「利害関係上、形だけの結婚なのですから。ちがいますか?」

すると、祐一郎は優しく微笑んだ。

「確かに僕たちの縁談は、お互いの家同士がつながりを求めた結果でしょう。でも、僕は生涯の伴侶となる相手とは理解しあって結ばれたいと考えています」

「……そうなれば、よろしいですけど」

どこまでも優等生な返事に、爽人はつんと顎《あご》を反《そ》らせる。

同じ男として、まさしく非の打ちどころがない祐一郎につい反発を感じてしまうのだ。

するとと祐一郎が、くすりと笑って言った。

「こう言っては失礼ですが、思っていたよりあなたが可愛らしい方で嬉しいです」

「まぁ……」

あまりにしゃあしゃあとした物言いに、爽人は絶句させられる。

「今日は、とても楽しかった。また会っていただけますか？」

どう答えていいかわからず、爽人が沈黙していると。

祐一郎はその右手を取り、そっと甲に口付けた。

「お願いですから、断らないでください。僕はもう一度、あなたにお会いしたい」

まるで西洋人のような所作が、祐一郎には違和感なく似合っている。

不覚にも、爽人は心臓の鼓動が音を立てて高鳴るのがわかった。

男の自分でさえときめかされてしまうのだから、初心《うぶ》な女性などひとたまりもないだろう。

――こ、このドンファンめっ！

この甘いマスクで、いったい何人の女性を泣かせてきたのだろう。

「は、放してください……っ」

手を引っ込めようとするが、祐一郎はそれを許さない。

「会ってくださると約束してくださるのなら、放します」

「……ずいぶん強引ですのね」

「あなたが僕にそうさせるのですよ？」

「ひ、人のせいにしないでください……！　……わかりました。わかりましたから」

放して、と掠《かす》れた小声でつぶやくと、祐一郎はようやく手を放してくれた。

急いで距離を置き、もう捕まらないように警戒する。

そしてようやく祐一郎を睨みつける余裕が戻るが、まだ胸がどきどきして、頬が熱かった。

――な、なんで俺、こんなに動揺してんだよ!?

なぜこんな風になってしまうのか、自分でも信じられなかった。

「よかった。それじゃ、約束ですよ？」

とびきりのいたずらを思いついた子供のように片目をつぶってみせ、祐一郎が念を押してくる。

こうして緊張に満ちたお見合いはなんとか終了し、双方ホテルで別れた。

――ああっ、早く着物が脱ぎたい……！

もはや帯のきつさに耐えきれず、爽人は帰りもタクシーで自宅アパートへ直行する。

すると出勤前で暇なのか、ルナはまだ部屋に居て、爽人の帰りを待っていた。

「おかえりなさい！　ね、ね、早く聞かせなさいよ。お見合い、どうだったのよ～!?」

「なんとかごまかせた……と思うよ」

ルナに帯を解くのを手伝ってもらい、ようやく苦痛から解放された爽人は肌襦袢《はだじゅばん》姿でどっかとあぐらをかく。

「は～～～苦しかった！　生き返ったよ」

「んもう、爽人ちゃんったら、そんな可愛い顔して台無しじゃないの」

「い～のい～の。本番終わったんだから。今日までの苦労はもうおしまい！」

さっそくクレンジングで化粧を落とし、私服に着替えた爽人は一息ついてからルナに見合いの結果報告を行った。

「ふ～ん、けっこう遊んでるのかもね。その社長さん」

「かもじゃなくて、カンペキタラシだよ。着物の裾まくって、『俺は男だ』って言ってやりたかったぜ」

なんとなく祐一郎にいいように振り回されたような気がして、爽人はそう虚勢《きょせい》を張ってみせる。

「ま、でもこれで任務完了だ。こっちはやるだけの努力はしたわけだし、断られようがどうしようが、あとは知ったこっちゃないね」

「そうねぇ……でも政略結婚じゃお見合いは形式だけで、結婚することは最初から決まってるんだろうから、断りはしないんじゃない？」

「そっか……そうだった」

自分が身代わりを務めている間に探し出された従妹《いとこ》は、会ったこともないあの祐一郎といきなり結婚させられてしまうのか。

澄霞が気の毒に思えてきたが、もう自分には関係のないことなのだから、と割り切ろうとする。

「ルナさん、ほんとにいろいろありがとね。ルナさんが協力してくれなかったら、きっとどうにもならなかったよ」

「あら、いいのよ。私も楽しかったもの。ね、私に借りができたと思うならさ……」

「店で働くのは無理だから」

急いでそう先回りした爽人だった。

そろそろ出勤時間だわとルナが帰り、爽人は一人部屋でぼんやりする。

この二週間、澄霞になりきることに全力投球してきたので、なんだか気が抜けてしまう。

――そろそろ、ふつうの男の生活に戻らなきゃだよな、うん。

もう女性用の服も化粧品も必要ない。

捨てるのももったいないので、ルナにもらってもらおうかと考えながら女装グッズを整理していると、ふいに玄関のドアがノックされた。

「はい」

「本日は大変お疲れ様でした。長谷部です」

訪問者は、長谷部だった。

急いでドアを開けると、いつも通りの背広姿で彼が立っている。

「……上がります?」

「いいえ、けっこう。下に車を待たせてありますので、すぐ退散いたします」

そう言って、彼は続けた。

「祐一郎さんからさっそく仲人に連絡がありまして、いたくあなたのことがお気に召したご様子だったそうですよ」

「はぁ……そうですか」

男に気に入られたと言われても微妙だったので、爽人は気の抜けた返事をした。

どちらにせよ、結婚することが前提の政略結婚なのだから、お愛想《あいそ》にでもそう言うだろうと冷めたことを考えていると。

「それで、次のデートのお約束を取り付けたいというご意向ですので、こちらをお届けに参りました」

そう言って、長谷部が差し出したのは、新品の携帯電話が入った紙袋だった。

「祐一郎さんとの連絡にはこちらの携帯電話の番号をお伝えしてありますので、これを使用してください。あ、これは祐一郎さん専用にしてくださいね。あとで回収しますから」

てきぱきと話を進められ、ボーゼンとしてそれを聞いていた爽人だったが、はたと重大なことに気づく。

「ちょ、ちょっと待った！　そんなっ……そりゃもしかしたらまた会うかもとは聞いてたけど、デート⁉　なんとかそっちで断ってよ」

「そうは言われましても、祐一郎さんから『澄霞さんもデートを了承してくれた』と言われては、こちらとしてもお断りするのはむずかしいかと」

確かに彼から逃れるためにイエスと言ってしまったのは自分だったので、爽人はむぅっと押し黙る。

「とりあえず一度だけ付き合ってお茶でも飲んで、文字通りお茶を濁してきてくださいよ。あとはあまり会わずに済むように、さっさと結納《ゆいのう》まで話を進めてしまうよう、手配しておきますから。それじゃ、頼みましたよ」

「ちょ、ちょっと！　長谷部さんっ!?」

用が済むと長谷部は文句を言われる前にすばやく引き揚げてしまい、爽人は携帯電話を片手に途方に暮れた。

「……まいった……まぁた女装するのかよ……」

しかもデートとなれば、先日の見合いより長時間いっしょに過ごさなければならないだろう。

バレる確率も当然アップする。

――どうすんだよ、俺……!?

真新しい最新式携帯電話を手に、爽人は途方に暮れる。

持つのはいいが、人前で電話がかかってきた時、どうすればいいのか。

女性の声色を使うところなど、人に見られたら弁解のしようがない。

しばらく畳の上に置いたそれを睨みつけた末、爽人は意を決して手に取った。

かけられて困るなら、こちらからかけてしまえ、と半ばヤケになって登録されていた彼の携帯電話番号に電話する。

『はい』

「あの、澄霞ですけど」

女性の声色を使い、早口に告げる。

『あなたから電話をもらえるとは思っていませんでした。嬉しいです』

電話口から聞こえてくる祐一郎の声は、上機嫌だ。

「……あなたがこの縁談を断らないのはわかっています。ですから、デートなど無駄《むだ》なことはする必要はないと思いますけど」

性格が悪いだの、お高くとまっているだの思われたところでかまうものか、と爽人は冷たい口調で告げる。

すると。

『無駄なことではありませんよ。僕はあなたにまた会いたいですから』

こういうセリフがさらりと出てくるところが、また腹が立つ。

「……わたくしの意志はどうなるのかしら」

『僕にもう一度チャンスをください。あなたのお好きなオペラのチケットを取っておきます。週末の夜七時に、お屋敷にお迎えにあがります』

一方的に決められ、爽人は慌《あわ》てる。

勉強した資料によれば、確かに澄霞の趣味の中にオペラと書かれていた。

が、爽人は当然オペラなど一度も観たことはないし、知識もない。

ホール会場で専門的な突っ込みを入れられたら、いったいどうすればいいのか。

それに澄霞の屋敷前まで車で迎えに行かれても、非常に困る!

愕然としているうちに。

『それじゃ、澄霞さん』

電話を切られそうになり、急いで叫んだ。

「わたくし……! 迎えにきていただくよりも、待ち合わせというものをしてみたいですわ」

『待ち合わせ、ですか?』

「そう。たとえば……ほら、新宿アルタ前という、有名な待ち合わせスポットとか」

迎えにこられないようにするために、爽人はいつのまにか祐一郎とのデートを了承せざるを得なくなっていた。

「そ、そう、そこがいいわ! そこに迎えにいらしてください」

すると、電話口で祐一郎がくすりと笑う気配がした。

『存外可愛らしいことをおっしゃるのですね。ますますあなたに興味が湧《わ》いてきましたよ。わかりました。それでは土曜の午後七時に、アルタ前で待ち合わせをしてから参りましょう。楽しみにしてますよ』

電話が切れた後、爽人はボーゼンと耳に当てていた携帯電話を下に降ろす。

――わ〜〜なんて約束しちゃったんだよ！　バカバカ、俺のバカっ！

迎えにくるなどと言うから、行きたくもないオペラに付き合わされる羽目に陥ってしまった。

あの男に関わると、どんどん蟻地獄《ありじごく》にハマっていくがごとくずぶずぶと足を取られ、身動きが取れなくなっていく。

――またルナさんに相談して、衣装見てもらわなきゃ……。

爽人はすごすごと立ち上がり、いったんまとめてしまい込んだ女装道具一式を取り出すのだった。

そして、週末。

爽人はやむなく、約束の時刻に新宿駅前にあるスタジオアルタ前へ向かった。

――く、くぅぅ……っ、こんな人が多いところで女装することになるなんて……！

後先考えず、とっさに口走ったツケをみごとに払わされる爽人だ。

ルナに相談し、『オペラ鑑賞ならば、男性はスーツ等、女性はドレスなどの正装がマナー』だと教えてもらい、やむなくまた預かっている振り袖に袖を通すこととなってしまった。ドレスをオーダーで作る時間もないし、露出《ろしゅつ》の多いドレス姿だと男とバレる危険性も高くなるからだ。

一分でもそこに立つ時間を減らしたくて、七時ぎりぎりにアルタへ向かったが、仕事帰りのサラリーマンや若者たちで賑《にぎ》わう新宿駅前を大振り袖で歩く爽人を、すれちがう人々がふりかえって眺《なが》めていく。

――ううっ……穴があったら入りたい……！

自業自得とはいえ、かなりの恥ずかしさだ。

バッグで顔を隠しつつ、小走りに先を急ぐと。

待ち合わせの人々でごった返す中、ひときわ目立つ存在が視界に入ってきた。

一抱えほどもある深紅のバラの花束を抱えた祐一郎が、ブラックスーツ姿で人待ち顔で立っている。

それは新宿の雑踏の中とはとても思えず、まさに一枚のグラビア写真のごとく絵になる光景だった。

「ねぇねぇ、あれ、ドラマの撮影かなんか？」

「わかんないけど、すっごいかっこいいわねぇ」

すれちがう若い女性二人組が、祐一郎を遠巻きに眺めながら興奮ぎみに噂している。

――な、なんて天然に目立つ男なんだ……っ、あいつは！

人混みの中、みごとに浮きまくる男のもとへ早足で向かうと、爽人に気づいた祐一郎が笑顔を見せた。

「こんばんは」

「……ごきげんよう」

どうぞ、と花束を渡され、爽人はやむなくその目立つアイテムを受け取る。

正装姿で花束のやりとりをしていると、さらに周囲の視線が突き刺さり、一刻も早くこの場から逃げ出したかった。

が、祐一郎はといえば、相当神経が太いのか涼しい顔だ。

「どうです？　待ち合わせは堪能《たんのう》できましたか？」

などと、厚顔なことを聞いてくる。

「ええっ、できましたから、早く行きましょう！」

「かしこまりました」

祐一郎が待たせていた黒塗りのハイヤーに乗り込み、二人はオペラホールへと向かう。

「またお着物なんですね」

「え、ええ」

いきなりなにを言い出すのかと思っていると。

「実は、今日は澄霞さんのドレス姿が見られると楽しみにしてきたんです。着物姿も素敵ですが、次は見せてくださいね」

——なんてやらしいことをさらっと言うんだ、こいつは……っ。

内心呆《あき》れながら、爽人は後部座席でつんとそっぽを向く。

「ご希望に添えるかどうかわかりませんわ。わたくし、最近この振り袖がお気に入りですの」

お高くとまったお嬢さまと思われて、澄霞にはもうしわけないが、ついつい反論したくなってしまうのだ。

だが、祐一郎はまったく気分を害した様子もなく、上機嫌だ。

「さっき、待ち合わせの場所であなたがこちらへやってくるのが見えた時は、とても嬉しかった。あの美しい人が僕の婚約者だと思うと、周りの皆に自慢したい気分になりましたよ」

「……まぁ」

よくもぬけぬけと、こんな恥ずかしげもないセリフを次から次へ口にできるものだ、と爽人は呆れるのを通り越し、感心してしまう。

「たまには、待ち合わせというのもいいものですね」

この口ぶりでは、本当に待ち合わせなどしたことがなく、新鮮だったのだろう。

つくづく世界がちがう、と爽人は思う。

やがて車は劇場前に到着し、爽人は祐一郎の完璧なエスコートを受けながら車を降りる。

一夜漬《づ》けで図書館から借りてきたオペラ関係の本で最低限の勉強はしてきたものの、正直言ってちんぷんかんぷんだ。

どうかよけいなことは聞いてくれるなよと、祐一郎に向かって念を飛ばす。

生まれて初めて足を踏み入れたオペラホールは、上品に着飾った紳士淑女たちが行き交う、まさに別世界だった。

――ううっ……超場違いだよ、俺。

貧乏人だと見透かされ、もしくは女装がバレていて、皆が自分を見て笑っているような錯覚《さっかく》に陥ってしまう。

最初は緊張してがちがちになっていたものの、客席が暗くなり、オペラが始まるとようやく落ち着いてくる。

とりあえず、客席で話をするのはマナー違反なので、祐一郎と話さずに済むのは不幸中の幸いだ。

開演前に、祐一郎に買ってもらったパンフレットに急いで目を通してあらすじを把握《はあく》しておいたものの、舞台はイタリア語。

日本語字幕があるにはあるが、目で追うのも疲れるし、言葉がわからないのでだんだん退屈になってくる。

——歌声はすばらしいと思うけど、やっぱおハイソすぎて俺には合わないなぁ……。

しかも休憩を挟んで約四時間近い長さと知り、爽人は開始三十分もしないうちに早くも睡魔《すいま》に襲《おそ》われつつあった。

意味がわからない外国語の歌は、いい具合に子守歌代わりになっている。

寝てはいけない、と思えば思うほど瞼《まぶた》は閉じてしまう。

一瞬記憶が欠落し、はっと意識を取り戻したのは、幕間《まくあい》で観客たちの拍手の音がきっかけだった。

しかも、さらにまずいことに、爽人はなんと自分が思いきり祐一郎の肩口に頭を預けて寝入っていたことに気づいて青ざめる。

——やばい……っ、寝ちゃったよ！

日々の忙しさとバイトの疲れから、つい寝入ってしまったらしい。

無防備に祐一郎に身を預け、居眠りしていたのだと悟ると、恥ずかしさにかっと頬が上気した。

「ご、ごめんなさいっ……」

とっさに素で謝ってしまってから、澄霞ならこんな対応はしないかもしれないとはっとする。

だが。

「大丈夫ですよ。今日のキャストは不調のようだ」

囁《ささや》き声でそう告げると、祐一郎はなにごともなかったかのようにオペラ鑑賞に戻る。

オペラの出来が悪いから、眠くなってしまったのだと、自分に恥をかかせないためのスマートなフォローに、爽人は内心感心した。

――いいとこあるじゃん……。

初めは、ただの女ったらしなだけの金持ちのボンボンだと思っていたが、祐一郎は周囲への気配りもできる大人な男なのだとわかる。

ほんの少し彼を見直した爽人は、それからはなんとか居眠りせず終幕まで耐えた。

長帳場だっただけに、終演して劇場を出た時には、時刻はすでに夜十一時近かった。

「すっかり遅くなってしまいましたね。この時間から予約が取れるレストランは限られているのですが、よかったら食事していきませんか?」

言いながら、祐一郎が携帯電話を取り出す。

慣れない観劇ですっかり肩が凝《こ》ってしまった爽人は、この上フルコースなどの緊張を強《し》いられる食事に行くのはうんざりだった。

すると、駐車場まで歩く途中、向かいの歩道にラーメン屋の屋台が停まっているのに気づく。

——もう猫かぶる必要、ないかな……?

『澄霞』がたとえどんな性格だとしても、二人が結婚するのはもう決まっていることなんだし、敬遠されてしまえばもう結納まで誘われずに済んで楽かもしれない。

そう割り切った爽人は、人差し指で屋台を指差した。

「わたくし、あれがいいです」

「え……? 屋台、ですか……?」

案の定、祐一郎は鳩が豆鉄砲《まめでっぽう》を食らったような表情になった。

「ですが、お召し物が汚れるかもしれませんよ?」

「かまいませんわ。わたくし、一度屋台というものに行ってみたかったの」

気位が高そうに、ことさらつんとして主張する。

すると、祐一郎はすぐに笑顔になった。

「よし、それじゃ行きましょうか」

言うなり、爽人の手を摑んで横断歩道を渡り始める。

「ちょ、ちょっと⁉」

「信号が変わりますよ、ほら、早く」

なかば小走りに長い信号を渡り終えた二人は、屋台の暖簾《のれん》を潜った。

先客に詰めてもらい、なんとか二人並んで狭い木のベンチに腰かける。

「へい、いらっしゃい」

「ラーメン二つ、お願いします」

祐一郎がそう注文すると、初老の店主が正装姿の二人を不思議そうに眺める。

「お客さんたち、劇場の帰りかい？　そんな格好でうちに寄る人、めずらしいよ」

「はは、そうですか？　とてもおいしそうだったので、つい寄ってしまいました」

祐一郎は如才《じょさい》なく、店主の話に合わせている。

確かにブラックスーツと振り袖のカップルが屋台でラーメンを啜《すす》る光景はかなりめずらしいかもしれない、と爽人は自分で言い出しておきながら冷や汗をかく。

「へい、お待ち」

目の前に供されたのは、透き通った醬油《しょうゆ》味の、昔ながらの中華そばだった。

「わぁ、おいしそう！　いただきます」

もうやぶれかぶれで、爽人は喜々として割り箸《ばし》を割る。

さっそくかぶりつこうとすると。

「澄霞さん、これを」

祐一郎が自分のハンカチを差し出してくる。

着物につゆが飛ぶのを防ぐためだと、気づくまで時間がかかった。

——そっか……こんな何百万もする着物に、ラーメンの汁飛ばしたら大変だよっ。

「あ、ありがとう」

内心青くなり、爽人は素直にそれを広げて胸元に差し入れ、振り袖をガードする。

その様子を、頬杖《ほおづえ》を突いて眺めていた祐一郎が微笑む。

「そういう素直なところが、とても可愛らしい方ですね、あなたは」

「……まぁ」

思いもしないところを褒《ほ》められ、爽人は思わず頬を上気させてしまう。

本当に、この男といるとどぎまぎさせられることばかりだ。

つん、と無視し、ラーメンにとりかかる。

アツアツで頬張ったそれは、ダシ加減といい麺《めん》の茹《ゆ》で具合といい、屋台のラーメンとは思えない完成度だった。

「……おいしい！」

爽人は思わず感動の声を上げてしまう。

「本当だ。すごくおいしいですね」

祐一郎もまったく抵抗なくラーメンを味わっている。

かなりミスマッチな光景のはずが、爽人はついその横顔に見入ってしまった。

いい男というのは、なにをやらせても絵になるところが憎らしい。

「どうかしましたか？」

うっかり見とれていたのに気づかれ、爽人は慌てて目の前の丼《どんぶり》に視線を戻す。

「べ、べつに……」

ベンチが狭いのでほとんど腰が触れ合うほど近くにいる祐一郎を、否が応でも意識してしまう。

次の客がやってきて次第に混んできたので、二人は早々に席を立つ。

後は帰るだけだが、また車に乗ってしまうと屋敷まで送ると言い出されるに決まっている。

それを回避するために、爽人は『少し歩きません？』と彼を誘った。

「すごくおいしかったです。ごちそうさまでした」

代金は祐一郎が支払ったので、爽人はなにげなくそう礼を言った。

するとと祐一郎がふと微笑む。

「あなたは本当に不思議な人だ」

「え……?」

「深窓の令嬢かと思えば、いきなり屋台に行きたいと言い出したり、たかだか数百円のラーメン代にきちんと礼を言う。その感覚とギャップに、さらに心惹《ひ》かれました」

車が行き交う大通りの歩道を、二人はゆっくりと歩く。

「今日は付き合わせてしまってすみませんでした。次はあなたの行きたいところへ行きましょう」

今日のデートだって、本当は『澄霞』の趣味に合わせてわざわざチケットを取ってくれたにちがいないはずなのに、祐一郎はそんなそぶりは微塵《みじん》も覗かせずに言う。

爽人は居眠りしてしまったことを申し訳なく思ったが、これ以上会えばいつまたボロを出してしまうかわからない。

――もう会わないほうが、いいんだ。

そう決心すると、なぜだか不思議と胸が痛んだ。

「……もう、結納前にお会いする必要はないと思います」

思い切ってそう告げると、祐一郎が足を止める。

「なぜです？」

「なぜって……どうせ結婚したらいっしょに暮らすわけですし。結納の日取りは来月になると、父が申しておりましたから」

頰に突き刺さる、真剣な彼の視線が痛い。

爽人はそれから逃れるためにうつむき加減で早口に言った。

「祐一郎さんだって、お仕事がお忙しいのですから、これ以上ご迷惑は……」

だが、皆まで言う前に、ふいに強い力で抱きしめられてしまう。

「ゆ、祐一郎さん……!?」

「なぜ、あなたに会うのが迷惑だなどと思うのです？　僕は……」

耳元で少し苦しげな声が響《ひび》き、心臓の鼓動が跳《は》ね上がる。

なぜ、彼に抱きしめられてこんなに胸が苦しいのだろう？

自分が自分でなくなってしまうようで、一刻も早く解放してほしかったが、爽人は耐えた。

いずれ結婚する間柄なのだ。

身代わりとして、抱きしめられる程度のことを拒否するわけにはいかない。

爽人が大人しくされるがままに身を任せていると、やがて祐一郎が腕の力を緩《ゆる》める。

街灯の灯りが届かないのをいいことに、二人は歩道脇でしばし見つめ合う。

キス、されるかもしれない。

そう思っただけで、心臓が口から飛び出そうになるくらい動悸《どうき》が激しくなってくる。

――どうしよう……。

こないだは手の甲に口付けられただけでパニックに陥ってしまったのに、キスなんてされたらどうなってしまうのか。

怯《おび》えた爽人が硬直しているうちに、ゆっくりと、祐一郎の端正な美貌が接近してくる。

思わずぎゅっと目をつぶってしまうと。

予想に反し、彼の唇は軽く額を掠《かす》めて離れていった。

おずおずと瞳を開くと、祐一郎が優しく微笑んでいる。

自分の怯えが伝わって、やめてくれたのだろうか……？

そう考えると、さらにどうしていいかわからない。

これ以上いっしょにいたら、どうなってしまうかわからない。

とまどう爽人は、いつのまにか地下鉄の入口付近まで来ていたことに気づいた。

「……帰ります」

爽人が短く言うと、祐一郎は少し悲しげに眉《まゆ》を寄せる。

「送らせてくれないんですか？」

「ええ。待ち合わせした後は、同じように駅で別れるものですわ」

苦しいこじつけをし、爽人はふりかえらずにそのまま早足で駅の雑踏に飛び込んだ。

草履《ぞうり》で小走りに急ぎ、ホームに滑り込んできた電車に間に合うと、ようやくほっと一息つく。

最初は勢いで引き受けてしまった身代わりだったが、まさかこんなことになるとは思っていなかった。

——どうして、あの人に会うとこんな風になっちゃうんだろう……？

女装しているとはいえ、自分はれっきとした男だ。

同じ男なのに、どうして祐一郎に触れられるとわけがわからなくなってしまうのだろう？

いくら考えてもわからなかった。

もともと、色事には奥手な性格もあり、爽人は二十歳《はたち》すぎになる今まで女性とも付き合った経験がなかった。

正確に言えば、高校時代など何人かに告白されたりしてモテないわけではなかったのだが、生活のために働かなければならなかったので、そんな余裕がなかったと言ったほうが正しい。

だがそこまで一人の人を本気で好きになることもなかったから、今まで特に不自由も感じずにきたのだろう、と爽人は思う。

それがどうしたわけか、祐一郎にだけはなぜかどぎまぎさせられてしまうのだ。

こんな経験も、今までにないものだった。

走る電車の中、爽人は窓ガラスに映る自分の振り袖姿をじっと見つめる。

おそるおそる周囲の様子を窺《うかが》うが、派手な着物に視線を投げる客はあっても、男が女装しているという奇異な目で見られている様子はなかったのでほっとする。

――俺、いったいどうしちゃったのかな……。

これはもしかしたら、祐一郎を騙《だま》していることへの罪悪感かもしれない。

母の実家への腹いせと、金に目が眩《くら》んで引き受けてしまった身代わりを、爽人は後悔しはじめていた。

――とにかく、もう結納まで会わずに済むように長谷部さんになんとかしてもらわないと。

それまでに、なにがなんでも本物の澄霞を見つけ出してもらわなければ。

爽人は電車の手摺《てす》りにこつんと頭をもたせかけながら、思った。

◇　◇　◇

「爽人くん、テーブルお願い」

「はい」

マスターに言われ、爽人はトレイを手にカウンターを出る。

今夜は混雑していたが、終電が出る午後十二時近くなるとだいぶ落ち着いてきた。

客が帰ったテーブルの上の皿を手早く片付け、爽人は忙しく働く。

あのオペラデートから、一週間。

長谷部が祐一郎になにかうまい言い訳を思いついてくれたのか、あれ以来彼からの連絡は途絶えていた。

その現実にほっとしたような、それでいて寂《さび》しいような奇妙な気分になる爽人だったが、どこへ行くにもついあの携帯電話は必ず持ってきてしまう。

現に仕事中出られるわけもないのに、ロッカーに入っている。

――ヘンなの……俺、あいつからの連絡、待ってるみたいじゃんか。

つい上の空になってしまう自分にとまどいながら、爽人は仕事に集中しようと立ち働いた。

と、その時、入口のドアが開き、新しい客が入ってくる。

「いらっしゃいませ」

なにげなく入口に視線を向けた爽人は、その場で硬直する。

なんと、そこに立っていたのはあの祐一郎だったのだ。

「ひゃっ!!」

思わずおかしな悲鳴が喉《のど》から迸《ほとばし》るのを、慌てて片手で押さえる。

とっさに手にしていたトレイで顔を隠し、爽人はカウンターの下にしゃがみ込んだ。

――な、なんで!? どうしてあいつが、この店に来るんだよ!?

さては、身代わりがばれてしまったのか？

なかばパニックに陥っていると、マスターに訝《いぶか》しげに声をかけられる。

「どうしたの？　爽人くん」

「あ、あの人なんです、こないだの見合い相手っ」

「ええっ!?」

さすがにマスターも驚いた様子だったが、『きみはカウンターから出なくていいよ』と言ってくれたのでほっとする。

なるべく背中を向けながら様子を窺《うかが》うと、祐一郎は連れの男と店の最奥にあるソファー席に陣取ったようだ。

羽振りのよさそうな、かなり太った連れの中年男は、注文を取りに出たマスターに大声で話しかけている。

「ねえ、この店カラオケないの?」

「申し訳ありません。うちはダイニングバーですので」

「なんだ、カラオケもないのか。俺の喉を祐一郎くんに聞かせてやろうと思ったんだがなぁ」

「ありがとうございます、専務」

祐一郎は如才《じょさい》なくあしらい、マスター相手に酒とミネラルウオーターを注文する。

——うわ……接待かな? 酔っぱらい相手なんてかわいそうに。

連れの男はどうやら酒癖《さけぐせ》がよくないようで、隣のテーブルにまで響き渡るようなだみ声で経営論などをしつこく語って聞かせている。

見ているだけでいらいらする絡《から》み酒だったが、祐一郎はいやな顔一つせず、にこやかに相手をしていた。

顔を見られないよう細心の注意を払いながら、カウンターから時折彼らの様子を窺っていた爽人だったが。

「専務、お迎えが参りましたよ。入口までお送りしましょう」

「ん〰〰〰そうか？」

小一時間ほどした後、祐一郎が男を促して立ち上がった。

携帯電話で迎えを呼んだのか、肩を貸して男を立たせようとするが、なにせかなりの体格な上、ぐでんぐでんに酔っているので手に余る様子だ。

爽人ははらはらしながら目線でマスターを探すが、彼は別の客の注文を取るのに追われている。

――ええい、ままよ！

覚悟を決め、爽人はカウンターを出て小走りに彼らのテーブルへ向かった。

「お手伝いします」

敢《あ》えて声色《こわいろ》を使い、低音で言ってみる。

「ああ、ありがとう」

なるべく顔を見られないよう気をつけながら、祐一郎と二人で男をなんとか店の出入り口まで運んでいく。

迎えに来たハイヤーに男の巨体を押し込むと、それまでの緊張も相まってどっと疲れが出てしまった。

「やれやれ、助かったよ。ありがとう」

「い、いえ、べつに」

「これ、少ないけど」

と、祐一郎がチップのつもりか一万円札を握らせようとしたので、爽人は慌てて両手を振った。

「そ、そんな。いただけません。たいしたことしてないのに」

「それじゃ、こうしよう。マスターにも迷惑をかけたから、きみたち二人に一杯おごらせてくれないか？　それならいいだろう？」

「は、はぁ……」

てっきりこのまま祐一郎も帰ると思っていた爽人は、依然ピンチ続行中であることを自覚する。

運転手に男の送り先を告げ、車が発車するのを見送ると、そこで祐一郎がおやっという顔をした。

「きみは……」

その反応で、爽人はようやく自分が無防備に顔を見せてしまっていることに気づく。

――ま、まずい……！

慌てて顔を背けても、あとのまつりだったが。

「……いや、不思議なこともあるものだな。僕の知人にとてもよく似てる」

「そ、そうなんですか」

背筋を冷や汗が伝うが、幸い祐一郎は同一人物だとまでは気づいていないようだ。

ルナ伝授のメイクテクニックのおかげだろうか。

もっとも、綾小路家のご令嬢が深夜のバーでバーテンをしているはずがないという先入観のおかげもあるかもしれない。

なんとかバレずに済みそうだと、爽人はほっとする。

とりあえず連れ立って店内へ戻ると、祐一郎は席を移してカウンターに座る。

その後タイミングよく何組か会計を済ませて出ていったので、店内の客はほとんど捌《さば》けていた。

そこで祐一郎は、宣言通りマスターと爽人にカクテルを奢《おご》ってくれる。

「お騒がせしてすみませんでした。連れの行きつけのお店がこの近くにあったらしいんですが、あの通りかなり酔ってらしたんで、道がわからなくなってしまったようなんですよ。それでカラオケができる店ならどこでもいいからと、こちらに入ってしまわれまして。いや、本当に申し訳ないです」

「ご接待も大変ですね」

マスターのねぎらいに、祐一郎は薄く微笑んだ。

「なんだか愛想笑いに慣れてしまって、本当に楽しくて笑う感覚を忘れてしまいそうです」

独《ひと》り言《ごと》を呟《つぶや》くように言って、彼はバランタインのグラスを傾ける。

初めて目にした彼の横顔に、爽人の視線は釘付けになってしまった。

――なんか、さびしそうだな、この人。

ルックス、頭脳、家柄。

天から何物も与えられ、なに不自由なく見える彼がふと覗かせた孤独な影に、なぜか心が惹きつけられてしまう。

するとそんな爽人の視線に気づいたのか、祐一郎が前髪を掻き上げた。

「僕も酔ったかな……愚痴《ぐち》ですね、すみません」

「いいんですよ。赤の他人のほうが弱音を吐きやすいってこともありますからね」

マスターが優しくとりなす。

事実、マスターの聞き上手は有名で、彼に悩み相談をするためだけに店を訪れる常連客も少なくないのだ。

それ以上、祐一郎が語ることはなかったが、彼はその雰囲気を楽しんでいるように見えた。

小一時間ほどして彼に車を頼まれたので、爽人は電話でハイヤーを依頼した。

「この店はとても居心地がよくて、帰りたくなくなりますね」

とてもいい店です、と祐一郎はマスターに繰り返して会計を済ませた。

「ありがたいことに、そう言ってくださるお客様がいてくださるのでうちもやっていけるんですよ。ぜひまたいらしてください」

「……ありがとうございます」

やがて車が到着したので爽人が店のドアを開けると、いつのまに降り出したのか外は小雨がぱらついていた。

そのまま祐一郎が外へ出ようとするので。

「あの、車までお送りします」

追いついて店の傘を差しかけると、祐一郎は嬉しそうにうなずいた。

「それじゃ、お言葉に甘えて」

と、言うなり、爽人の腰に腕を回して抱き寄せる。

ふわりとトワレが香り、ふいに触れてきた彼の体温に爽人の鼓動はどくんと高鳴ってしまった。

——なにどぎまぎしてんだ、俺はっ⁉　雨に濡《ぬ》れちゃうから身体寄せただけだろうがっ。

そう自分に言い聞かせ、平静をよそおう。

傘を差しかけ、祐一郎がハイヤーに乗り込むのを見送ると、ドアを閉める前に彼が尋ねた。

「……きみの名前は？」

「……泉です。泉、爽人」

「爽人くんか。今日はいろいろありがとう」

「お気をつけて」

小雨の中、傘を差し、爽人は一人ハイヤーのテールランプが見えなくなるまで見送った。

――はぁ……助かった……。

身代わりがなんとかバレずに済んで、ほっとしながら店内へと戻る。

するとマスターが言った。

「素敵な方でしたね」

「え？」

「爽人くんのお見合い相手のことですよ」

からかうように言われて、爽人は自然と頬が上気するのがわかった。

「や、やめてくださいよ、マスター。そんな言い方したら、ほんとに俺の結婚相手みたいに聞こえるじゃないですか」

「ふふ、でもよかったじゃない。気づかれずに済んで。先方も、まさか自分の可愛い婚約者が男の格好をしてバーテンをやってるなんて夢にも思わないだろうからね」

と、マスターはあきらかになりゆきを面白がっているようだ。

「笑いごとじゃないですよ、もうっ。こっちは心臓が止まるかと思ったくらいです」

するとマスターはグラスを磨きながら、意味ありげに微笑んだ。

「あの人ね、きっとまた来ると思うよ。僕の勘だけど、ね」

マスターの謎の予言は、果たしてその通りになった。

「やぁ」

「い、いらっしゃいませ」

あの晩から数日も経たないうちに、祐一郎は一人で店に再来したのだ。

「今日は疲れる会議が長引いてね。癒《いや》されたくなって、気づいたらここに向かってたんだ」

今夜は客もまばらで、テーブル席に二、三組いるだけだ。

誰も座っていなかったカウンターの右端のスツールに腰を降ろした彼に、マスターは笑顔でおしぼりを差し出した。

「どうぞ、ゆったりとくつろいでいってください」

「ありがとう」

やがてマスターには料理の注文が入り、必然的に祐一郎の相手は爽人がしなくてはならない状況に陥ってしまった。

——どうしよ……適当な世間話でもしてごまかさないと！

自分はあくまで、澄霞によく似た赤の他人。

そのコンセプトでふるまわなければと思えば思うほど、ぎくしゃくとしてしまう。

「えっと……社長さんって、お仕事大変そうですね」

苦しまぎれになんとか話題を見つけようと、そう話しかけるが。

「え？　僕、そんな話したかな？」

不審《ふしん》そうに問い返され、しまったと舌打ちする。

澄霞としては聞いていても、ただのバーテンダーとして聞いた情報ではなかった！

「い、いえ、こないだお連れの方が確かそう呼んでらしたような気がして」

「ああ、そうか。あまりそう呼ばれるのが好きじゃないんだけど、連呼する人もいてね」

苦笑しながら、祐一郎はスコッチを口へと運ぶ。

よかった、なんとかごまかせた、と爽人もほっとしながらつまみのナッツをテーブルの上に差し出した。

「どうして好きじゃないんですか？」

「考えてもみたまえ。僕の年齢で社長だなんて、先代から受け継いだものに決まってる。自分の力で勝ち得たものでないトップの座なんて、自慢にもならないよ」

どうやら祐一郎は、自らの恵まれた環境を引け目に感じているようだった。

「それでも……その地位を背負って立ってるんだから、僕なんかからしたらやっぱりすごいと思います」

爽人は本心からそう言った。

いくら二代目とはいえ、本当に会社を運営する手腕が皆無《かいむ》だったら更迭《こうてつ》されるなりしているだろう。

この若さで社長の地位に留まれるのは、やはり祐一郎の才覚なのだと思った。

「……ありがとう。きみにそう言ってもらえると、なんだか嬉しいな」

グラスを傾けながらふと微笑んだその表情に、なぜだか爽人も心惹《ひ》かれて視線を外すことができなくなってしまう。

「お、おだててもなにも出ませんからね。僕はただのバイトですから！」

そんな話をしているうちに、店はいつのまにか閉店の時間を迎えた。

会計を済ませ、次々と客たちが帰っていく中、なぜか祐一郎は最後までカウンターに残っている。

そして、ややあって彼は顔を上げ、言った。

「爽人くん。店の片付けが終わったら時間あるかい？」

「え……？」

「おなかすいてない？　よかったら近くで、軽くなにか食べていかないか？」

一息に言ってから、照れた様子で片手で顔を覆《おお》う。

「いや……なんだかまだ、一人の家に帰りたくなくてね。もちろん、いやだったら断ってくれ。おとなしく退散するから」

閉店までねばり、どこか行こうと誘ってくる酔客は今までもそれなりにいたが、爽人はマスター仕込みの如才なさでうまく逃げてきた。

もちろん、今回だってそうするのは簡単だったのだが、なぜだかこのまま彼を帰したくないと思った。

会社でストレスの溜まることがあった彼の気晴らしに、付き合ってやりたいと思ってしまったのだ。

そんな自分に、爽人は一番驚きを感じていた。

そして。

「行きましょうか」

明るく告げると、すっかり断られると思っていたのか、祐一郎が弾かれたように顔を上げた。

「本当に？」

「ええ。食事もいいですけど、まずはスカッとするとこに行きましょうか」

爽人がいたずらっぽくそう告げると、祐一郎は不思議そうに首を傾げた。


快音が響き、バックネットに白球が突き刺さる。

「ナイスバッティング！」

ホームラン級の打撃に、爽人が歓声をあげる。

フルスイングでバットを振った祐一郎が、左手を挙げてそれに応えた。

「さ、もう一本！　行きましょう」

「任せとけ」

隣り合ったバッティングボックスに入った二人は、それぞれ無心に白球を追い、バットを振り続けた。

一段落して、祐一郎が自動販売機で飲み物を買ってきて休憩する。

上着を脱ぎ、ワイシャツの袖口をまくっていた祐一郎は、ネクタイを緩《ゆる》めて第一釦《ボタン》を外した。

「思いがけずいい汗をかいたよ。しかし、バッティングセンターにつれてこられるとは思わなかったな」

「そうですか？　俺、ストレス溜まってくるとときどき来るんですよ。なんにも考えず、頭ん中からっぽにしてバット振ってると、いやなことみんな忘れられるような気がして」

いただきます、と礼を言って、爽人はペットボトルのスポーツドリンクを呷《あお》る。

「確かに、久々に爽快《そうかい》な気分だ。バットを振るなんて、中学生以来だったよ。なつかしいな」

思い出に浸《ひた》るように、祐一郎は手にしたバットを見つめる。

「大人になると、仕事に日々追われて忘れているんだろうな。無心になるって、気持ちがいいね。ありがとう、爽人くん。いい気分転換になった」

「そう言ってもらえると嬉しいです」

つまらないと言われたらどうしようと少し案じていただけに、爽人はほっとした。

時刻はすでに深夜だというのに、バッティングセンターはまだけっこうな客で賑《にぎ》わっている。

他の客のスィングを眺《なが》めながら、二人はしばし休憩した。

「あの、高藤さんは、一人暮らしなんですか？」

「祐一郎でいいよ」

そう訂正してから、祐一郎はうなずいてみせる。

「実家はいろいろ窮屈《きゅうくつ》でね。会社の近くのマンションから通ってるんだ。まぁ、ほとんど寝に帰るだけになっているけれどね。もっとも……もうすぐ一人暮らしじゃなくなる予定、かな」

なにげない言葉に、爽人はどきりとする。

——澄霞さんと結婚することを、言ってるんだ……きっと。

だが、ここで話題を変えるのも不自然だし、社交辞令としても反応しないわけにはいかない。

なんとか驚くふりをしてみせる。

「へ、へぇ、結婚されるんですか？」

「ああ。こないだ見合いをしてね。話したよね？　そのお嬢さんが、きみによく似てるんだ」

「それはおめでとうございます」

さりげなく言いながら、爽人は一抹《いちまつ》の罪悪感を押し殺した。

母を見捨てた実家に仕返しがしたいという理由があるとはいえ、自分は結果的に祐一郎を騙《だま》す片棒を担いでいるのだ。

本来ならこんな風《ふう》に親しく話してもらえるような立場ではない。

そう考え、つい沈んだ表情になってしまう。

「爽人くん？　どうかした？」

「い、いえ……祐一郎さんの奥さんになる人は、きっとしあわせだろうなって思って」

とっさにそうごまかすと、祐一郎は少し苦しげな微笑を見せた。

「家同士の、完全なる政略結婚でね。今の家に生まれた以上はそれもしかたのないことだと思ってきたけれど……これで本当によかったんだろうかと、つい考えてしまうんだ」

「祐一郎さん……」

「でも、初めて会った相手の方は、名家のお嬢さんなのにさばさばしていてね、僕は好感を持ったんだよ。ああ、この人とならうまくやっていけるかもしれないって、そう感じたんだ」

「そう……ですか」

「深窓の令嬢かと思ったら、いきなり屋台のラーメン食べたいなんて言い出してね。そういうギャップが、なんだかとても可愛らしくて」

――なんだ、嫌われるためにやったのに……逆に気に入られちゃってるよ。

本人からの感想に、爽人は内心失敗したと臍《ほぞ》を噛《か》む。

そのお嬢さまが、今目の前にいる自分だと知ったら彼はどんな顔をするだろう？

そんな思いが顔に出てしまいそうで、爽人は彼の顔が正視できなかった。

「爽人くんはどう？　好きな人はいるのかい？」

ふいに話をふられ、なぜだかわけもなく慌ててしまう。

「い、いいえ、バイトと大学で忙しくて、それどころじゃなくて」

「そうか。いまどき親御《おやご》さんに頼らないなんて偉いね」

それを聞き、爽人は事情を話さなければいけないかな、と考えながら手の中のペットボトルを弄《もてあそ》ぶ。

「……うち、母子家庭だったんですよ。父は早くに亡くなって……その後、母も二年前に他界したんで」

「……悪いことを聞いてしまったね」

「いえ、気にしないでください」

「それじゃ……今は一人で？」

「ええ。一人でもなんとかやれてるし、バイト先のマスターもいい人だし。毎日楽しいです」

祐一郎が気を遣《つか》わないよう、努めて明るく答えるが、言えば言うほど寂しさがひしひしと募《つの》ってくる気がするのはなぜなのだろう？

——俺は……ひょっとして寂しかったのかな……？

ふと、自覚する。

ふだんは生きるための仕事と生活に追われ、その感情に気づく余裕すらなかったのかもしれない。

そして、その寂しさを痛感させたのはこの人なのだと、爽人は隣の祐一郎をこっそり盗み見た。

「そうか……爽人くんは強いな。僕も弱音を吐いている場合じゃないな。がんばらないと」

「そうですよ。ストレス溜まったら、バッティングセンターでまた解消して、お仕事がんばってください！」

こうしてもう一汗流すと、猛烈におなかが減ってくる。

夕食は賄《まかな》いで食べているものの、育ち盛りの身の上だ。

すると祐一郎も空腹を感じたのか、バットを降ろした。

「おなか、すかないかい？」

「……すきました！」

思わず激しく同意すると、その様子がおかしかったのか祐一郎が笑った。

「やっぱりなにか食べに行こう……と言ったはいいけど、こんな時間に近くでやっている店はあるかな？」

「俺はいつも、金ないから家帰るまで我慢するんですけど」

爽人にとって、外食は生活費を切迫させる無駄遣《むだづか》いだ。

料理が得意というわけではなかったが、経済的事情で可能な限り自炊をしていた。

とりあえず車を呼ぼうと、バッティングセンターにハイヤーを呼んだ祐一郎は、付き合ってもらった礼に爽人を家まで送っていくと言って聞かなかった。

確かにもう真夜中なので電車は終わっているし、自宅アパートまで歩いて帰れる距離ではない。

――まぁ、いいか。今日は『澄霞』としてじゃないんだし。

押し切られる格好《かっこう》で、爽人は乗り込んだハイヤーの運転手に自宅アパートの番地を告げた。

走る道すがら、営業している飲食店を探すが、爽人の部屋に向かう方角は住宅街なので、めぼしい店は見当たらない。

「やっぱり、この時間開いてる店ってあんまりないですね」

「そうだね。まいったな」

そうこうするうちに、深夜の道を走ったハイヤーは、やがてアパート前へと着いてしまった。

「しかたない。食事はあきらめるか。今日は楽しかったよ。よかったら、また付き合ってくれるかい?」

「ええ、喜んで。こちらこそ、ありがとうございました」

「じゃ」

――祐一郎さんは、このまま家に帰るのか……おなかすいてるのにつらいだろうな……。

どうしてもそれが気にかかってしまう。

ハイヤーから降りかけ、爽人はしばし迷った末、思い切って切り出した。

「あの……もし迷惑じゃなかったら、うち寄ってきますか? おにぎりくらいしか作れないですけど」

この申し出は予期していなかったらしく、祐一郎は驚いたように車外に立つ爽人を見上げた。

「僕は嬉しいけど……でも、本当にいいのかい?」

「ええ、散らかってますけど、それでもよかったら」

――わ〰〰バカバカ、俺のバカ！　なに自分から正体バラすような危険冒《おか》してるんだよ⁉

歯がみしたくなったが、どうしても腹をすかせている彼をそのまま帰すことができなかったのだ。

自分が思っていたより世話焼きな性格だったことを、爽人は痛感する。

「それじゃ、お言葉に甘えて少しだけ」

ハイヤーを帰し、深夜なので足音を響かせないよう気をつけながら鉄製の階段を上がり、二階にある爽人の部屋へ向かう。

まず、鍵を開けると。

女装道具はきっちり押入の中に隠してあるので大丈夫なはず、と頭の中で計算しながら、爽人はすばやく室内に視線を走らせてチェックする。

「ど、どうぞ」

「お邪魔します」

今までの彼の人生で、安アパートになど足を踏み入れたこともなかっただろうに、祐一郎は物怖《ものお》じせず靴を脱いで部屋へ上がった。

爽人は冷蔵庫の中身を思い出しながら、急いで台所へと向かう。

「ここが爽人くんの家か」

言いながら、彼は居間にある仏壇に気づいたようだ。

「お父さんとお母さんの仏壇かい？」

「ええ」

「お線香をあげさせていただいてもいいかな？」

まさかそんなことを言ってくれるとは思ってても見なかった爽人は、一瞬びっくりして冷蔵庫を漁《あさ》っていた手を止めてしまう。

「ど、どうぞ」

台所から見ていると、祐一郎は仏壇の前にきちんと正座し、灯明《とうみよう》に灯《あか》りを灯《とも》して線香をあげてくれた。

「……ありがとうございます」

正直、言葉には尽くせないほど嬉しかった。

自分以外で両親に線香をあげてくれる人間は、ここ久しくいなかったから。

せめてせいいっぱい彼をもてなそうと、爽人ははりきる。

「狭いですけど、適当に座っててください。すぐ用意するんで、少しだけ待っててくださいね」

言いながら、爽人は冷凍庫から冷凍保存しておいたごはんを取り出す。

今から白米を炊くのは時間がかかってしまうので、一食分ずつラップにくるんでおいた冷凍ごはんを使うことにしたのだ。

電子レンジで解凍したそれを、ラップのまま手早く三角に握って後から真ん中に梅干しを埋め込み、ガスレンジで軽く炙《あぶ》った海苔《のり》を用意し、それを巻いて食べればパリパリの食感が楽しめる。

「手際がいいね」

お参りを済ませた祐一郎も、興味津々《しんしん》で爽人の手元を覗《のぞ》き込む。

「祐一郎さん、冷凍ごはんなんか食べたことないでしょ？　一度に大量に炊いておいて、こうやって一食分ずつ冷凍しておくと保温の電気代も節約できるし、炊きたてのおいしさがキープできるんですよ」

「そうなのか……勉強になるよ」

真面目《まじめ》に感心しているところが可愛らしくて、爽人は思わず笑ってしまう。

握ったおにぎりは、三つずつ。

冷蔵庫に残っていた煮物を温め直し、インスタントの味噌汁を入れて完成だ。

爽人はこれらを十五分もかけずに用意した。

「すみません、本当になにもないんですけど、よかったらどうぞ」

「ありがとう、いただきます」

礼儀正しく挨拶《あいさつ》し、祐一郎は気持ちのよい食べっぷりを披露《ひろう》してくれた。

「おいしい……！　手作りのおにぎりは久しぶりに食べたが、コンビニのものとは比べものにならないくらいおいしいいんだね」

「祐一郎さんも、コンビニのおにぎりとか食べるんですか？」

「昼食を摂《と》る時間もない時は、よく車の移動中に囓《かじ》ったりするよ」

「そうなんだ。ちょっと意外」

いつのまにか、彼といっしょにいる空間に馴染《なじ》んで、爽人も敬語を使わなくなっていた。

——どうしてだろう……『澄霞』の時はつらかったのに、今はこの人といっしょにいるのが心地いい。

それは『澄霞』をよそおって演技をする必要がなく、素の自分でいられるからだろうか？

そんなことをつらつらと考えているうちに。

口に合わないかも、などという爽人の心配をよそに、祐一郎は出したものを綺麗《きれい》に平らげてしまう。

「いや、本当においしかった。ごちそうさま」

「お粗末《そまつ》さまでした」

爽人の淹《い》れた番茶を飲み、祐一郎も人心地ついたようだ。

「今日はすっかり爽人くんにお世話になってしまったね。このお礼はいつかさせてほしい」

「そんな、気にしないでください。お礼されるほどのこと、してないですから」

「不思議だな……きみとは最初に会った時から、なぜか初対面な気がしないんだよ。どうしてかな」

なにげない言葉で核心を衝《つ》かれ、爽人は内心ぎくりとする。

この会話の流れは、まずい。

話を変えなければ、と焦《あせ》った爽人は。

「そ、それじゃ、次は祐一郎さんの食べたいもの、俺が作るんで、その材料を買ってきてください」

と、とっさにそんなことを口走ってしまった。

「しかし……それじゃお礼にならないよ」

「僕も食べるから、ちゃんとお礼ですよ。ね？」

こんなことを言ってしまったら、また彼と会わなければならなくなるのに。

すると、祐一郎も少し迷った末、口を開く。

「それじゃ……遠慮なく。このところずっと、鍋《なべ》が食べたくてね」

「鍋、ですか？」

「ああ、一人じゃできないだろう？　素朴《そぼく》であっさりしたやつがいいな」

言い出したものの、むずかしい料理を言われなくてよかった、と爽人はほっとする。

「わかりました。じゃ、常夜鍋《とこよ》にしましょうか」

「常夜鍋？」

「ええ。これなら、俺得意なんです。昔、母がよく作ってくれたんですよ。毎晩食べても飽きないくらいおいしいから、常夜鍋って言うんですすって」

「へぇ……それは楽しみだな」

それからひとしきり鍋の話で盛り上がり、祐一郎は再び車を呼んで帰っていった。

それを部屋の窓から見送り、爽人はため息をつく。

——あ〜あ、なんであんなこと言っちゃったんだろ……。

正体がバレる危険を冒してまで、なぜ、とも思うが、今夜は『澄霞』としてではなく、爽人としてふるまえたので気分的には楽だった。

——祐一郎さんは、誰が相手でも紳士なんだよな。

一介のバーテンである自分にも、彼は澄霞に対するのと同じように物腰が柔らかく、紳士的だった。

彼のことを知れば知るほど、もっと知りたいと思ってしまう。

もっと会いたいと願ってしまう。

爽人はいつのまにか、いやでも彼に惹かれていく自分を自覚していた。


それからの数日は、いつ祐一郎からの電話があるかと、大学の授業中もバイトの最中もついつい携帯電話が気になってしまう日々だった。

かかってきて、これ以上彼と親しくなってしまったら困る、という思いと、それでもまた会いたいという気持ちがない交ぜになって、かかってきてほしいような、ほしくないような複雑な気分だ。

結局三日も経たないうちに、教えた自分の携帯電話に、彼から電話が入った。

『こないだ、爽人くんのバイトの休みを聞くのを忘れてしまったから』

ちょうど大学の休講中にその電話を受けた爽人は、やはり浮き立つ気持ちを抑えられなかった。

「バイトはほとんど毎日入ってるんです。あ、でも今日は、少し早くあがれる日なんですけど」

『そう。なら、終わる頃車で迎えに行くよ。運転するから、今日は店に顔は出せないけど』

そして宣言通り、祐一郎は爽人のバイトが終わる頃合いを見計らって、本当に車で迎えにきてくれた。

「すみません、待ちましたか?」

「いや、今来たところだよ」

と、祐一郎はわざわざBMWの助手席のドアを開けてくれる。

彼が運転する車に初めて乗ったが、休日ドライバーにしては運転がうまいなと爽人は思った。

「運転、お上手なんですね」

「そうかい? 本当はふだんも自分で運転したいんだけど、万が一事故を起こしてしまったら大変だから、社用車にしないといけないんだよ」

「いろいろと大変なんですね」

車の運転すら、自由にできないとは。

企業トップというものは、恩恵ももちろん多いが、それ以上に制約も多いのだろう。

内心、爽人は彼の境遇《きょうぐう》に同情する。

二人きりの車内は緊張してしまうかと心配だったが、他愛のない話をしているうちに不思議なほどリラックスできた。

それから祐一郎は、深夜まで営業しているスーパーの駐車場に車を停めた。

爽人がふだん足も踏み入れたことのないような、一級品ばかりが並ぶ高級スーパーだ。

カートを押して品物の値札をおそるおそる確認するが、目の玉が飛び出そうな品揃《しなぞろ》えである。

「ダ、ダメですよ、こんな高い店！　もっと安いスーパーに行きましょう」

「そんな心配はしなくていいから。ほら、メモを貸して」

そう言って、祐一郎は爽人が用意してきた食材メモを取り上げ、次々とカートに入れはじめてしまった。

「まずくできちゃったら、どうしよう……こんな高級素材で作る鍋がおいしくないわけないのに」

思わず真剣につぶやくと、堪《こら》え切れないように祐一郎が噴《ふ》き出す。

「きみは本当に面白いことを考えるね」

「だって、そうじゃないですかっ」

爽人のアパートへ到着すると、車を近くの有料駐車場に預けた後、祐一郎が食材を持ってくれて、二人は連れ立って部屋へ向かった。

「どうぞ。狭くて汚いですけど」

「いや、よく片付いてるじゃないか」

二度目とはいえ、貧しいアパート生活を見せるのが恥ずかしかったが、祐一郎は屈託なく上がり込み、まず真っ先に仏壇に向かった。

そして、下げてきた紙袋から菓子折を取り出す。

「今日、得意先の方からいただいたんだ。これ、よかったらご両親にあげさせてもらってもいいかい？」

「は、はい、もちろんです」

まさか祐一郎がそんなことをしてくれるとは思ってもいなかっただけに、慌ててしまう。

先日と同じように、きちんとした作法で仏壇に線香をあげた祐一郎は、立派な折り箱に包まれた菓子を供えてくれた。

見ると、名店とその名を知られている老舗《しにせ》の和菓子店のもので、中身は桜餅《さくらもち》だった。

貰い物だと爽人に気を遣わせないように言っていたが、おそらく彼はこの季節限定の和菓子をわざわざ買いに寄ってくれたのだろう。

その優しさに、思わず胸が熱くなった。

「桜餅、母が大好物だったんです」

「そうか、それはよかった」

祐一郎が、本当に嬉しそうににっこりする。

偶然店で知り合っただけの、ただの客と店員というだけの関係なのに。

お線香をあげてくれるだけで、それだけで充分すぎるほどなのに。

堪《こら》え切れず、爽人はぽろりと涙を零《こぼ》してしまう。

「あ、爽人くん？」

「はは……ごめんなさ、びっくりしますよね。俺、親戚《しんせき》いなくて。仏壇にお供えしてもらったのなんて、久しぶりだったからすごく嬉しくて……」

ありがとう、と爽人は口の中でつぶやく。

――泣きやまなくちゃ……祐一郎さんに、ヘンに思われる。

そう思えば思うほど、涙は溢《あふ》れて止まらない。

どうしよう、と困っていると、ふいにふわりと抱き寄せられていた。

「……祐一郎さん……？」

自分の肩口に爽人の額を押し当て、祐一郎が耳元でささやく。

「こうして目をつぶって、見ないから……今のうちに好きなだけ泣いていいよ」

その優しい思いやりといたわりに、胸が締めつけられる。

――俺は、あなたを騙してるのに……こんな風に、優しくしてもらえる資格なんか、ないのに……。


母が亡くなって、二年。

一人で立派に自活してきた気でいた。

一人で暮らすことなんて、どうってことない、と。

だが、生活のために時間に追われ、誰と触れ合うこともなく生きる日々は、思っていた以上に爽人の心を疲弊《ひへい》させていたようだ。

服越しに伝わってくる祐一郎の温《ぬく》もりは、なぜだかずっと昔から知っていたような、そんな安堵感を与えてくれた。

――気持ちいい……。

このままずっと、こうしていてほしい。

うっとりと目を閉じ、両手は無意識のうちに彼のスーツの背中に回っていた。

「……爽人くん」

心なしか祐一郎の両手にも力がこもり、さらに強く抱きしめられる。

その力強さは、爽人をはっと現実へ引き戻した。

思わずはっと顔を上げると、驚くほど真剣な表情の祐一郎の美貌が目近にある。

いうその時。

視線が逸《そ》らせず、互いに吸い寄せられるかのように唇が接近し、あと少しで触れ合うか、と

「……あ、ご、ごめんなさいっ」

ようやく我に返った爽人は、慌てて身体を離してその腕から逃れる。

「お、おなかすきましたよね。すぐ作りますから、ちょっと待ってください」

「……ああ」

それからは、お互いなんとなく気まずくて。

爽人は台所に逃げ込み、料理に没頭するふりをしてやり過ごした。

――い、今の……もう少しでキスしちゃうとこだった……のかな？

心臓がばくばくし、野菜を刻む包丁の手元がくるって何度か指を切りそうになる始末だ。

頭に血が昇りながら、なんとか作った常夜鍋は、ほうれん草と豚肉、大根に油揚げなどを煮込んだものだ。

材料を刻んで放り込むだけの簡単料理だったが、祐一郎はおいしいと言ってくれ、たくさん食べてくれた。

「やっぱり鍋は、誰かといっしょに食べないと気分が出ないね」

「確かにそうですね。そういえば、僕も鍋食べるの久しぶりでした」

差し向かいで食卓を囲む光景は、なんと温かいものだったのだろう。

母を失ってから、この二年ですっかり忘れてしまっていた温もりに触れられたような気がして、嬉しかった。

それからデザートに、仏壇に供えられた桜餅を二人でいただく。

久しぶりに食べたそれは、ふわりと春の香りを残し、口の中でほどけた。

「すごくおいしいです」

「気に入ってくれてよかった。また持ってくるよ」

そのなにげない言葉で、また会えるのだと浮き立つ気持ちを抑《おさ》えきれない。

――これ以上親しくなっちゃダメだ……なんとか理由をつけて、もう会わないようにしないと。

そう思っても、どうしても口に出せない。

――もうすぐこの人は……澄霞さんと暮らすのに。

彼がこうして澄霞と鍋をつつき、彼女のために桜餅を買って帰るのだろうかと想像するだけで、胸が痛んだ。

「どうかしたのかい？　爽人くん」

「……いいえ、なんでもないです」

感情を押し殺し、爽人は無理に笑顔を見せる。

そんな爽人を、祐一郎はじっと見つめた。

そんなにまじまじと見ないでほしい。

心にやましいところのある爽人は、その視線に耐え切れず、つい視線を外してしまう。

「……不思議だな。やはりきみとはまだ出会ったばかりだという気がしないんだ」

「……そ、そんなに似てるんですか？　祐一郎さんの婚約者に」

「ああ。顔立ちもだけど、雰囲気もよく似ているんだ」

「不思議ですね。世の中には三人自分にそっくりな人がいるっていうけど、ほんとなんだ」

そうごまかすのが、せいいっぱいだった。

――やっぱり、これ以上『爽人』として会い続けることはまずい……。

万が一バレてしまったら、澄霞にも迷惑をかけてしまうだろう。

仕事として請け負った以上、危険な賭《か》けをするわけにはいかなかった。

「すっかり長居してしまったね。そろそろおいとまするよ」

二時間ほどして、気を利かせた祐一郎が立ち上がる。

「迷惑でなかったら、またいっしょに鍋を食べてくれるかい？　そうだ、今度は僕のマンションでやろう」

その誘いに、心のままに素直にうなずけたら、どんなに楽だろう。

だが、爽人は曖昧《あいまい》に微笑み、首を横に振る。

「そうしたいんですけど、俺、大学とバイトでほとんど時間がなくて。最近は懐《ふところ》事情でバイト増やしてもらってるんで、休みもないんですよ」

婉曲《えんきょく》な断り文句に、祐一郎の笑顔が曇《くも》る。

「……そうか、きみの都合も考えずにすまなかったね。今日はありがとう。とても楽しかった」

ちがう、本当はこんなことを言いたいんじゃないのに。

会いたくて、たまらないのに。

「それじゃ、おやすみ」

「……おやすみなさい」

だが、本心を告げるわけにはいかない爽人は、彼が玄関を出ていくまでかたくなにうつむいていた。

彼がアパートの外階段を降りていく足音が、次第に遠ざかっていくのを聞きながら、爽人は追いかけて訂正したい衝動を必死で堪えた。

さきほどまでのしあわせな気分は一瞬で消え、ひどく落ち込んでしまう。

——もう、『爽人』としては会わないように気をつけなくちゃ……。

もしかしたら祐一郎はまた店に来るかもしれないが、それでももう個人的に会うことは避けようと考える。

たった、それだけ。

それだけのことなのに、なぜこんなに胸が苦しいのだろう……？

その理由を知りたくなくて、爽人はしばらく部屋の隅に両膝を抱え、小さくうずくまっていた。


それから、数日が過ぎ。

祐一郎から、『澄霞』の携帯電話にも連絡はないし、もちろん爽人にもない。

あれ以来、彼が店に顔を出すこともなかったので、爽人はこのまま結納の日にちまでなにごともなく過ぎてしまうんだろうなと、漠然《ばくぜん》と考えていた。

――やっぱり、気まずくなっちゃったと思ってるんだろうな、祐一郎さん。

あんなに親切にしてもらったのに、そっけなく誘いを断るなんて、もう自分の顔も見たくないと思っているかもしれない、と思うとつらくなる。

大学の授業が終わり、爽人は教室を出ながら腕時計で時間を確認した。

――バイト、行かなくちゃ……。

元気を出さなければと思っていても、自分でもいまひとつ覇気《はき》がないのがわかる。

毎日考えるのは、彼のことばかりだ。

――俺、いったいどうしちゃったんだろう……？

こんな風になるなんて、思ってもみなかった。

ふと気づくと、いつも祐一郎のことを、彼と過ごした、ほんのひとときのしあわせだった時間のことを思い出し、今ごろあの人はなにをしているのだろう、などと考えてしまう。

肌身離さず持ち歩いていた『澄霞』の携帯電話が鳴り、爽人はびくりと身を震わせた。と、その時。

急いで鞄からそれを取り出し、学生たちの声が聞こえないように空き教室に入ってから電話に出る。

「……もしもし？」

『こんにちは、澄霞さん。お久しぶりです』

電話の主は、当然ながら祐一郎だった。

『澄霞』へは、あのオペラ以来初めての電話だったので、爽人はうっかりよけいなことを言わないように気をつけなければと気を引き締めた。

「……ごきげんよう。先日はいろいろとありがとうございました」

なるべく話が長引かないように、そっけなく礼を言う。

『そろそろ新緑が美しい季節ですね。ごいっしょに、ディナークルーズでもいかがですか？』

「……先日、申し上げましたでしょう？　わたくしたちの関係に、デートは必要ありませんと」

『ええ、伺いました』

電話の向こうの祐一郎の声は、なぜかひどく疲れを滲《にじ》ませているような気がした。

『それでも、お会いしたいと思ったので、お電話しました。ご迷惑でも、天王洲《てんのうず》アイル駅で七時に、お待ちしています』

「待って、わたしくは、行きません……！」

焦《あせ》って、思わず高い声を上げると、祐一郎が電話口で寂《さび》しげに笑う気配《けはい》がした。

『いいんです。来ていただけなければ、一人で夜風に吹かれて、頭を冷やしますから』

「祐一郎さん……？」

『では』

それきり電話は切れてしまい、爽人は呆然と耳に当てていた電話を下ろした。

彼らしくない強引さに、なにかあったのかと不安が押し寄せてくる。

しばらく迷った末、爽人は自分用の携帯電話を取り出し、店の電話をコールした。

「……もしもし？　店長ですか？　すみません、俺ですけど、今日バイト休ませてもらっても大丈夫でしょうか？」


大学から急いでアパートへ戻り、押入にしまい込んでいた女装道具と、ルナに借りていた洋服数着を引っ張り出し、支度にとりかかる。

ディナークルーズに振り袖はさすがにおかしいので、今日は半フォーマルの洋服にした。

ルナが選んでくれたのは、ふんわりとしたシフォン生地の膝丈《ひざたけ》のワンピースだ。

ハイウェストでAラインなので体型をうまくカバーしてくれるデザインだ。

これに膝までのブーツを合わせれば、足も出さずに済む。

何度も練習した成果で、洋服の着替えのスピードもすっかり早くなった。

着替えを済ませてから、借り物の服を汚さないように襟元にタオルを巻き、化粧に取りかかる。

――バカ……このまま知らんふりして、行かないほうがいいに決まってるのに。

薄塗りしたファンデーションの上に白粉《おしろい》をはたき、自分を叱咤《しった》しながら鏡の中の顔に紅筆で口紅を引く。

あの人のために、施す化粧。

澄霞としてでも会わないに越したことがないはずなのに、浮き立つ思いで彼のために美しく装う自分がいる。

――恋は、魔物だ。

こんな風になるなんて、想像だにしていなかった。

破滅を招くかもしれないのに、澄霞としてしか会えないのに、それでも彼に会えるだけでしあわせなんて。

――それに、もしかして行かなきゃ、きっとあの人は本当にずっと待ってしまうかもしれないし。

それをいいわけに、自分を正当化する。

迷いをふりきるように、爽人はアパートを出て、大通りでタクシーを拾った。

女装姿で近所の住人にばったり鉢合わせしてはコトなので、この瞬間がなにより緊張する。

さいわい誰にも会わずにタクシーの後部座席に滑り込めたので、爽人はほっと安堵《あんど》の吐息をついた。

「天王洲駅まで、お願いします。七時までに着けますか?」

「う～ん、ぎりぎりだけど、間に合うと思いますよ」

運転手の言葉通り、七時五分前に目的地に着き、タクシーを降りた爽人は周囲を見回す。

――いた……。

すっかり暗くなった駅の正面入口脇に、一人立つ祐一郎の姿があった。

今度は花束を抱えているわけでもなく、駅前は同じようなスーツ姿のサラリーマンたちでごった返していたのに、やはりその存在はひときわ目立っている。

すれちがった若い女性の二人連れが、何度もふりかえってはこそこそと耳打ちしあうのに気づき、爽人は足を止めた。

――あんなに素敵な人が、本当の俺なんか本気で相手にするはずがないんだ。

澄霞としての身代わりを務めなければ、一生出会うことも口を利くこともなかったはずの、別世界の人。

偶然店で出会い、優しくしてくれたのは、ただの気まぐれなのだ。

その優しさを勘違いし、甘えてはいけない。

あらためて祐一郎の存在を客観視し、頭から冷水を浴びせられたような気がした。

一人たたずみ、遠くを見つめている彼の横顔は、なぜだかひどく疲れているような、迷っているような濃い憂《うれ》いを滲ませていた。

人混みの中、ゆっくり歩み寄っていくと、祐一郎が爽人に気づき、少し驚いたように目をみはる。

「澄霞、さん……?」

「ご自分で呼び出しておいて、驚くのはおかしいですわね」

つけつけと、そう言ってやる。

「すみません。強引な誘い方をしたので、来てくださらないと思って待っていました」

「おかしな方ね。こないと思うなら、お待ちにならなければよろしいのに」

言い合っているうちに、なんだかおかしくなって。

二人は顔を見合わせ、なんとなく微笑む。

「行きましょうか」

「ええ」

祐一郎に連れられ、向かった先は、そこから歩いてすぐの埠頭《ふとう》だった。

「このクルーザーをチャーターしました。今から二時間半は、僕たちの貸し切りです」

そう言って彼が指し示したのは、港に停泊《ていはく》していた二十トンクラスのクルーザーだった。

「か、貸し切りですか!?」

てっきり大勢でにぎわう乗客の中での相乗りだと思い込んでいた爽人は、仰天《ぎょうてん》する。

「そ、そんなムダ遣いっ……いったい、いくらするんですか!?」

名家の令嬢らしくないとわかっていても、値段が気になってつい聞いてしまう。

「澄霞さんが思ってらっしゃるほど高くはありませんよ。さぁ、お手をどうぞ」

恭《うやうや》しく手を取られ、爽人はクルーザーへと乗り込む。

もちろんクルーザーに乗るのは生まれて初めての爽人は、つい興味津々《しんしん》できょろきょろしてしまう。

スカイブルーと白を基調としたオープンデッキ、それに展望スカイデッキまで設置されている観光用のクルーザーだ。

船室にはたった一組用の、白いナプキンがかけられたテーブルがすでにセットされている。

立食式なら、三、四十人は楽に乗れるほどの広さだった。

出された食事も軽食程度かと思えば、本格的なイタリアンのフルコースが黒服のギャルソンの給仕で、温かいものは温かいうちに、冷たいものは冷たいままテーブルへ供される。

料理は、どれも絶品だった。

万年空腹のせいもあり、つい夢中でぱくついてしまってから、はっと我に返り、速度を緩《ゆる》める爽人だ。

キャンドルの灯りがゆらめく中での、二人きりのディナー。

「やはり、思った通りだ」

ナイフとフォークを操りながら、ふいに祐一郎がつぶやく。

「……え?」

「着物姿も素敵でしたが、洋服もよくお似合いです」

「……ありがとうございます」

いつもと変わらず、祐一郎は紳士だった。

如才《じょさい》のない会話で『澄霞』を楽しませ、大切に扱ってくれる。

この人と結婚する澄霞はしあわせだ、と爽人はしみじみ思う。

「デッキへ出てみませんか?」

「ええ」

食事が終わると、祐一郎に誘われ、爽人は彼とともにクルーザーのデッキへ出る。

「足下に気をつけて」

踵《かかと》の高いブーツを履《は》いている爽人のために、祐一郎が手を差し伸べる。

少しためらった後、爽人はその手を取った。

東京湾《とうきょうわん》上を滑るように疾走するクルーザーの上からは、お台場《だいば》のネオンが瞬《またた》いて見える。

「……綺麗《きれい》」

「そうですね」

二人並んで、しばし流れゆく景色に見とれる。

「……今日は、どうして急にお誘いになったの？」

「なぜ、そんなことをお聞きになるのです？」

「べつに……ただ、少しお疲れのように見えたので」

内心の心配を悟られないように、爽人はそっけなく答える。

「そう見えますか？」

はぐらかすように微笑み、祐一郎は答えようとはしなかった。

その様子に、爽人はますます不安を募《つの》らせる。

「……なにか、あったんですか？」

デッキを掴み、風に髪を乱した祐一郎が、ひた、と爽人を見つめる。

「一つ、質問してもいいですか？」

「ええ……」

いったいなにを聞かれるのか、とやや身構えていると。

「もし僕が、不実な男だったら、この結婚を取り止めますか？」

唐突な問いだったが、祐一郎はきわめて真剣だ。

――どうしよう……なんて答えればいいんだろ……？

「なぜ、そんなことを聞くのですか？」

どう答えていいかわからず、爽人は質問で返す。

「もしも、の話ですよ」

――もしかしたら、祐一郎さんは……？

うぬぼれだ、と否定しようとしても、どうしても期待してしまう。

ひょっとして彼が、自分と『澄霞』との間で心が揺れ動いているのではないか、と。

――バカ……そんなこと、あるはずないだろ。図々しい。

慌てて、否定する。

そんな都合のいいこと、あるわけがない。

そう思い込もうとした。

「……ずいぶんと正直な方ですのね。家同士の政略結婚とは、そんな程度のことでは取りやめにはならないと思いますけど」

「あなたはそれで、よろしいのですか？」

はい、と爽人は小声で答える。

ほかに、答えようがなかった。

「……そうですか」

それきり、祐一郎は黙り込み、沖の景色をただ眺めていた。

彼がなにを考えているのか、爽人にはよくわからなかった。

二時間半は瞬《またた》く間に過ぎ、クルーザーは東京湾を周遊して元の埠頭へ戻る。

クルーザーから下船すると、祐一郎が少し悲しげにつぶやく。

「また今日も、送らせてはくれないのですか？」

「……ええ、ここで。次にお会いするのは、結納ですわね」

それは、もう誘っても結納までは会わない、というけん制。

「わかりました。お気をつけて」

その意味を汲《く》み取り、祐一郎もそれ以上引き留めなかった。

そして、タクシー乗り場で車に乗り込む爽人を、最後までエスコートしてくれる。

——祐一郎さんは、いったいなにを言いたかったんだろう……？

バックミラーの中で、次第に小さくなっていく彼の姿を、爽人は見えなくなるまで見つめていた。

部屋でワンピースを脱ぎ捨て、すでに慣れた手付きで化粧を落とすと、ようやくほっとする。

「あ〜〜〜疲れた〜〜〜」

丸めたコットンをゴミ箱に放り投げ、爽人はシャツにジーンズ姿で畳《たたみ》の上に大の字になった。

カムフラージュとして香水をつけているので、風呂に入らなければ、と思うが、なんとなく精神的に疲れてなにもする気になれず、ごろごろとしてしまう。

――バイト、サボっちゃった……明日、マスターに謝らなくちゃ。

これ以上、会ってどうなるわけでもないのに。

バイトを犠牲《ぎせい》にしてまで、祐一郎に会いたくて駆けつけてしまった、その滑稽《こっけい》さに軽く自己嫌悪《けんお》に陥ってしまう。

――でも、なんだか祐一郎さん、様子おかしかったな……。

そのことが気にかかりつつも、とにかくもうこれで自分の役目は終わったのだから、と自分に言い聞かせる。

あとは結納当日、本物の澄霞と彼が出会い、そこで婚約は正式に成立する。

もう彼を騙すことへの、良心の呵責《かしゃく》に耐え切れそうになかった爽人は、これでなにもかも忘れようと決意した。

あれこれ考えながら横になっているうちに、ついうとうとしてしまう。

どれくらい時間が経ったのだろうか。

爽人はふいに、アパートの階段を上がってくる足音で目を覚ました。

住人が帰宅したのか、と漠然《ばくぜん》と考えていると、予想に反して自分の部屋のドアが静かにノックされる。

「爽人くん、いるかい?」

聞き覚えのあるその声は、なんと祐一郎だった!

――ゆ、祐一郎さん……!?

瞬時に跳《は》ね起きた爽人は、とっさに室内を見回し、脱ぎ散らかしたままだったワンピースを丸め、押入に放り込む。

「は、はい、ちょっと待ってくださいね」

出かける間際に出しっぱなしにしていた化粧品類をひっつかんで引き出しの中へ放り込み、

なにか見られてまずいものはないかと周囲を見回す。

ゴミ箱の中の化粧落としコットンに気づき、それも押入に突っ込むと、爽人は呼吸を整え、なにごともなかったかのように玄関の鍵を開けた。

「こんばんは、こんな時間に悪かったね」

さきほど会っていた時と同じ上質のスーツ姿だった彼だが、その身体からはふわりとアルコールの匂いがした。

クルーズの最中ではほとんど飲んでいなかったので、あれから飲みに行ったのだろうか？

だが、まさか自分のところへ来るとは思わなかったので、爽人はとまどいつつも声をかける。

「祐一郎さん、酔ってらっしゃるんですか？」

「……酒でも飲まないと、こられなくてね」

「え……？」

どういう意味かと祐一郎を見上げると、彼も食い入るように強い視線で爽人を見つめている。

二人の間に、奇妙に張りつめた空気が流れ。

ややあって先に目線を逸らしたのは、祐一郎のほうだった。

「いや、なんでもない……急に来て悪かった。帰るよ」

と、そのまま階段へ向かおうとするので、爽人はとっさにそのスーツの袖を摑《つか》んでいた。

「ま、待って。酔ってるのに危ないですよ。酔い覚ましに、少し休んで行ってください」

そう引き止めると、祐一郎はなぜか痛みを堪《こら》えるような表情で眉を寄せる。

動こうとしない彼をなんとかアパートの玄関へ引っ張り込むと、爽人は自分も靴を脱ぎ、粗末な台所へ急いだ。

「ちょっと待っててくださいね。今、濃いコーヒーいれます。って言っても、インスタントしかないですけど」

やかんに水を入れてガスレンジにかけ、棚からマグカップを取り出す。

少し様子がおかしい祐一郎に、なんとか落ち着いてもらおうと、インスタントコーヒーの瓶を探すが、慌てているせいかなかなか見つからない。

「あれ？　おかしいな、確かここにしまったはずなんだけど……」

つぶやきながら、流し下の開き戸の中をごそごそ漁《あさ》っていると。

「……どうしてきみは、そう優しいんだ？」

ふいに背後に気配を感じ、爽人はふりかえった。

いつのまにやってきたのか、祐一郎がすぐ後ろに立っている。

その思い詰めた瞳が、ただ酔っているだけではない、なにか切迫《せっぱく》したものを覗かせていた。

コーヒー探しをやめて立ち上がり、爽人は彼の正面に向かい合う。

「なにか、あったんですか？　祐一郎さ……」

名を呼び終える前に、爽人の身体は強い力で引き寄せられていた。

広い胸に、渾身《こんしん》の力で抱きしめられ、息が詰まる。

なぜ彼が愛《いと》おしい者を抱くように自分を拘束しているのか……？

頭の中が真っ白になって、わけがわからない爽人だったが、無意識のうちに彼の背中に両手を回して縋《すが》ってしまう。

ありえない状況のはずなのに、なぜか彼の胸の中でほっと安らいでいる自分に爽人は気づいていた。

「爽人くん……」

それを肯定《こうてい》と受け取ったのか、祐一郎の腕の力はますます強まる。

金輪際《こんりんざい》離さない、とでもいうような、満身の力をふりしぼった抱擁《ほうよう》だった。

息が止まるほどのしあわせとは、こういうことを言うのだろうかと爽人はぼんやりと考える。

どうして、なぜ？

そう問い返し、止めなければならないのに、あともう少しだけ、こうしていたいと願う自分がいる。

——やっぱり俺は……この人のことが、好きなんだ……。

どうしても、認めたくなかった事実。

だが、いくら気づかないふりをしたって、この気持ちをなかったことにはできないのだ。

「祐一郎さん……」

恋しい人の名を大切に、舌の上で転がす。

一度口に出すと、あとはもう止まらなかった。

「祐一郎さん……祐一郎さん……っ、祐一郎さ……」

『好き』と口にするのだけは、かろうじて堪えた。

その代わりに、抱きしめられながら何度も何度も、彼の名を呼び続ける。

「爽人くん……っ」

荒々しく唇を奪われて、舌を求められ。

ぞくり、と激しい快感に背筋が粟立った。

いつのまにか、爽人も夢中で祐一郎にしがみつき、その口付けに応《こた》える。

激しく、深く。

古びた畳《たたみ》の上に倒れ込み、上になり、下になりと体勢を変えながら。

「……は……ぁ」

息継ぎする間もなく求められて、爽人はせわしなく薄い胸を喘《あえ》がせた。

祐一郎の大きな手が、はだけたシャツの隙間から滑り込み、肌に触れてくる。

生まれて初めて受けた情熱的な愛撫《あいぶ》に、くらくらと眩暈《めまい》がした。

もう、なにがどうなってもかまわない。

なにもかも投げ出し、彼にすべてを捧げてしまいたい。

奥底からこみ上げてくる欲望は強烈で、爽人は自分がこんなにも貪欲《どんよく》だったのかと驚くほどだった。

恋しい男を愛おしむようにその髪に指を差し入れ、撫で上げる。

うっとりとその感触を味わいながら、なにげなく視線を動かすと、女装道具を隠してある押入が目に入った。

その瞬間、ぎくりと身体が竦《すく》む。

——俺は祐一郎さんをだます片棒をかついだ人間なのに……この人の愛を受ける資格なんか、ないのに。

頭から冷水を浴びせられたように硬直する爽人の耳元で、彼がささやく。

「爽人くん……僕はきみのことが……」

聞いては、いけない、それ以上は。

聞いてしまったらきっと、取り返しのつかないことになってしまう。

本能的にそう察知し。

「……だめっ……！」

思わず反射的に祐一郎を突き飛ばし、すっかりはだけてしまったシャツの前を掻《か》き合わせる。

「爽人……くん？」

突然拒絶され、祐一郎も驚いたように目を見開いている。

なにか、言わなければ。

——なんとか、本当のことを知られずにうまくごまかさなければ。

そう頭ではわかっていても、とっさに言葉が出てこない。

「……はは、祐一郎さん、冗談きついですよ。あれですか？　僕が婚約者の方に似てるから、予行練習とか？」

そう、ごまかすしかなかった。

「爽人くん……話を聞いてくれないか」

真剣に向き合おうとする祐一郎をさえぎり、爽人は無理に朗《ほが》らかに続ける。

「あ、それとも、マリッジブルーとか？　独身最後にハメ外したいのはわかりますけど、可愛い婚約者さんがいるんだから、浮気はダメですよ？　今のはナイショにしといてあげますからね」

わざとらしく茶化《ちゃか》す爽人に、祐一郎は黙り込んでしまった。

そして。

「……それが、きみの答えか？」

悲しげに問われ、爽人の胸は錐《きり》で突かれたように激しく痛む。

が、ここで負けてはいけない。

祐一郎の人生のために。

彼のしあわせのために。

——祐一郎さんは、澄霞さんと結婚するのが一番のしあわせなんだ。

必死に、そう自分に言い聞かせる。

なんの取り柄も資産もなく、まして男である自分が好きだと告げたところで、彼のマイナスになるばかりだ。

好きな人の本当のしあわせを祈るなら、この気持ちは決して告げてはいけない。

爽人はそう心に決めた。

まるで今の抱擁《ほうよう》もキスもなかったかのように、自然な態度で祐一郎をふりかえる。

「そうだ、まだ言ってなかったですよね。ご結婚おめでとうございます。末永くおしあわせに」

そんな爽人を、祐一郎はただ無言でじっと見つめていた。

そして、やがて。

「……わかった。いろいろと、すまなかった」

それだけ言い残し、彼は部屋を出ていった。

鉄製の階段を降り、彼の足音が遠ざかっていくのを聞きながら、爽人は自分の両膝を抱え込み、その場にうずくまる。

そうしないと、裸足《はだし》で飛び出し、後を追っていってしまいそうだったから。

――これでいいんだ、これで……。

なのに、涙で視界がぼやけているのはなぜなのだろう?

爽人は唇を噛み、しばらくその姿勢のまま動けなかった。

◇　◇　◇

バイトの最中、爽人は何度も手を止めてつい店の入口ばかり見てしまう。

入口のドアが開き、ぎくりと身をすくませるが。

入ってきたのは、祐一郎には似ても似つかない、中年の客だった。

「……いらっしゃいませ」

ほっとしたような、がっかりしたような複雑な気持ちで、爽人は布巾《ふきん》で拭《ぬぐ》っていたグラスに視線を落とす。

――バカだな……あんな別れ方して、祐一郎さんが来るわけないじゃないか。

偶然、この店で出会わなかったら、おそらく一生接点のない二人だ。

もう二度と会うことはないだろう。

自ら出した結論のはずなのに、爽人は想像以上に自分がショックを受けていることを自覚した。

「どうしたの？　なんだか顔色が悪いよ？」

マスターにまで心配され、ぎこちない笑顔を無理に浮かべる。

「いいえ、なんでもないんです。ちょっと寝不足で」

「そう？　具合悪かったら休んでいいからね」

「ありがとうございます」

——しっかりしろ……たかが失恋くらいで。

自身を叱咤《しった》し、ふと気づく。

失恋……？

これも、やはり失恋というのだろうか？

恋を失って、ここまでダメージを受けてしまうなんて、予想だにしていなかった。

今まで真剣に恋愛してこなかったツケが回ってきたようだ、と爽人は一人苦笑する。

と、その時再び入口が開いたので、そちらへ顔を向ける。

「いらっしゃいま……」

言いかけて、言葉がとぎれる。

入ってきたのは、長谷部だった。

「……マスター、ちょっとだけ外へ出てもいいですか？」

「中で話してもいいんだよ？」

マスターも長谷部に気づいて、そう言ってくれるが。

「いえ、すぐ済ませますから」

爽人は制服のまま彼を促し、店の外へ出た。

「何度もお仕事中お邪魔してしまって、すみませんねぇ。大学の授業中に乗り込むわけにはいきませんので」

「……なにか?」

店から少し離れたビルの影で、爽人は話を促す。

「澄霞さん、見つかったんですよ」

「……え?」

「最近の興信所はなかなか優秀でした。大阪《おおさか》まで逃げていたんですが、無事連れ戻しに成功したそうですよ」

「そう……ですか」

いつかは見つかるとは思っていたものの、実際にそう聞くと爽人は動揺を隠せなかった。

——なぜ俺がショック受けてるんだよ……これですべて丸く収まって、めでたしめでたしじゃないか。

「……澄霞さんは、祐一郎さんとの結婚を……了承したんですか?」

なによりそれが気にかかり、つい質問してしまう。

「初めは渋っていたそうですが、ご両親が泣いて説得して、なんとか恋人とは別れると約束したそうですよ。まぁ、高藤家からの援助が見込めなければ、綾小路家は実質破産ですからね。ご両親が路頭に迷うようなことはさすがにできないと考え直したんでしょう」

「……そう、ですか」

澄霞が結婚を了承した。

その現実は、爽人を打ちのめした。

心のどこかで、澄霞がかたくなに結婚を拒《こば》み、この縁談が壊れればいいと願っていた自分の浅ましさがつくづくいやになる。

「……澄霞さんは、今どうしてるんですか?」

「そうは言っても、了承したふりをしてまた逃げられたらコトですから、お屋敷で厳重《げんじゅう》な監視を受けてますよ。ま、もう結納の日取りも近いですから、このまま一気に挙式まで行くでしょう。間に合って、本当によかった」

言いながら、長谷部は上機嫌でアタッシェケースを開いた。

そして、中から厚みのある茶封筒を取り出す。

「おかげさまで、無事結納にこぎ着けることができました。これもみんな、爽人くんのご協力のおかげですよ。いや、本当に助かりました。これはお約束の報酬《ほうしゅう》です」

爽人は目の前に差し出されたそれへ、うろんな視線を落とす。

こんなもののために、こんな金のために自分は彼を騙していたのか。

そう考えると、長谷部の目の前でびりびりに引きちぎってやりたい衝動に駆られる。

そんな思いを抑え、爽人は中から十万だけを数えて引き抜き、残りを封筒のまま長谷部に差し戻した。

「これは協力してくれたルナさんへの謝礼としてお預かりします。残りはお持ち帰りください」

「え？　でも、それじゃ爽人くんへの報酬が……」

「いりません。気が変わったんです」

「いや、困ります。これには、今回の一件は内密にっていう口止め料の意味合いも込められているんですから」

そう綾小路家から申しつかっているのだから、と長谷部も食い下がる。

が、爽人は受け取る気はなかった。

祐一郎を騙して手に入れた金など、遣《つか》えない。

「安心してください。僕には口外するつもりはありません。そうお伝えしてください」

「そうですか……？　それじゃ、よろしくお願いしますよ」

爽人がかたくなに拒んだので、長谷部もようやく折れ、金を鞄に戻す。

「あの……結納はいつなんですか?」

どうしても気になって、つい聞いてしまう。

「今度の日曜です。澄霞さんの気が変わらないうちに、急ぎませんとね。ほら、こないだの見合いと同じホテルで」

すっかりコトが片付いて安心したのか、ぺらぺら話すと、長谷部は上機嫌で帰っていった。

——次の日曜、か……。

なんだか気が抜けてしまって、爽人はぼんやりと暗くなった空を見上げる。

いまだ生活はカツカツで、食事は一日一食。

バイト代が入る前の財布には、小銭しか入っていないのに。

「あ〜あ……ホント俺って、バカみたいだ……」

一銭の金にもならないことに、あんな苦労をするなんて。

——見栄張らないで、素直にもらっときゃいいのにさ……。

つまらないところで意地を通してしまう、自分のバカさ加減に腹が立つ。

金を受け取ろうが受け取るまいが、もう祐一郎と会うことはないのに。

——忘れるんだ……忘れなくちゃ。

男同士という問題もさることながら、彼とは住む世界がちがいすぎる。

彼はこのまま、ふさわしい相手と結婚するのが一番のしあわせなのだ。

そう自分に言い聞かせても、こみ上げてくる悲しさはごまかしきれず、爽人は溢れる涙を乱暴に拳《こぶし》で拭った。

——忘れよう。

それが祐一郎のためでもあるのだから。

両手で頬をひとはたきして気合いを入れ、爽人は仕事へ戻った。

◇　◇　◇

そして、いよいよ結納当日。

間の悪いことに今日は大学も休みなので、夜のバイトまですることがない。

いつもなら休養を取るため昼過ぎまで寝溜めするのだが、どうしても布団の中で目が冴《さ》えて眠れない。

あきらめて起き出し、洗濯や掃除をして気をまぎらわせるが、頭の中は結納のことでいっぱいだった。

——今ごろ、祐一郎さんは本物の澄霞さんと会ってるんだ……。

そう考えただけで、矢も盾《たて》もたまらない気持ちになる。

本物の澄霞と初めて対面したら、今までの『澄霞』がにせものだったと気づいてしまうのではないか、そんな不安もあった。

——仮にバレたとしても、もう俺にはなんの関係もないことだ。

綾小路家には、今後いっさい関わりを持たないと約束させたのだから。

あとはどうなろうと知ったことではない、と、割り切ろうと努める。

なのに。

どうしても我慢できず、手にしていた干しかけの洗濯ものを放り出し、爽人はアパートを飛び出していた。

——遠くから、見るだけ。見るだけだから。

そういいわけしながら、結納が行われているホテルへ急ぐ。

地下鉄を乗り継ぎ、息せき切って辿り着くと、日曜ということもあり、ホテルのロビーは大勢の客でごった返していた。

挙式もあるらしく、ウェディングドレスの花嫁の姿もあり、仲間と記念撮影をしている光景も見える。

シャツにジーンズの普段着で飛び出してきてしまったので、爽人は自分のいでたちが周囲から浮いているのを気にしながら、先日の料亭へ急いだ。

だが、目的地が近づくにつれ、こなければよかったという後悔がこみ上げ、緊張で心臓の鼓動が早鐘《はやがね》を打つ。

——来たって、どうなるもんでもないのに……俺って、ほんとバカみたいだ。

そう自己嫌悪に陥《おちい》りつつも、足は止まらない。

しかしさすがにロビーの喧騒《けんそう》から離れ、しんと静まり返った日本庭園エリアまで来ると、これ以上進んでいいものかどうかためらった。

今なら、このまま引き返せる。

——行ってどうしようっていうんだ？　今までの『澄霞』は俺ですって、結納をぶちこわしにでも乱入するつもりなのか？

そう、自問自答する。

そんな勇気があるなら、あの晩最初から彼を拒《こば》みはしなかったはずだ。

立ち止まり、迷っていると、通路の向こう側から振り袖姿の女性がこちらへやってくるのが見えた。

その姿がだんだん近づいてくると、爽人の瞳が驚愕《きょうがく》で大きく見開かれる。

――澄霞……さん⁉

目の前に立っていたのは、まさに自分に瓜二つの女性だった。

澄霞の方もかなり驚いたらしく、とっさに声も出せない様子だ。

ホテルの通路で、二人は一瞬見つめ合ったが。

「……あなた、もしかして爽人さん……？」

先に口火を切ったのは、意外にも澄霞だった。

思わずうなずいてしまうと、彼女はなにを思ったのか、爽人の腕を摑《つか》み、そばにあった女子トイレの中に連れ込んだ。

「ちょ、ちょっと⁉」

仰天《ぎょうてん》する爽人を閉じこめ、澄霞は振り袖の裾を乱し、トイレの入口に立ちふさがった。

「私の身代わりで、お見合いしてくれたのよね？　そうなんでしょ？」

「……長谷部さんから、聞いたんですか？」

「どうごまかしたのか不思議で、しつこく聞いたら教えてくれたわ。私にそっくりな従兄《いとこ》がいるって」

思い詰めた表情の彼女は、爽人の腕にすがって訴えた。

「お願い、私をここから逃がして……！」

「えっ⁉」

とんでもない申し出に、さすがに爽人は呆気《あっけ》に取られてしまう。

だが、澄霞は真剣だった。

「祐一郎さんは素敵な方だけど、私には心に決めた人がいるの！　一度は親の説得に負けてここへ連れてこられたけど……やっぱりどうしても、彼以外の人と結婚なんていや。いやなの……！」

澄霞の瞳から、大粒の涙が零《こぼ》れる。

それは、恋する者のひたむきな瞳だった。

これほどまでに想う人がありながら、他の男と結婚して彼女がしあわせになれるはずがないし、また祐一郎も同様だ。

そう気づいた瞬間、爽人は無意識のうちに言った。

「……着替えには時間がかかる。怪しまれないように、『着付けが崩れたから、ホテルのスタッフに頼んで直してもらうから少し遅れる』って、今すぐご両親に電話して」

「は、はい……！」

言われた通り、澄霞がバッグから携帯電話を取り出し、電話をかける。

それから二人はすぐに移動し、ホテル内の着付けルームを借りに急ぐ。

「さぁ、早く脱いで！」

「はいっ」

爽人は超特急で、澄霞の脱いだ振り袖を着付けていく。

着付けをマスターしておいてよかった、とつくづくルナに感謝する。

入れ替わりに自分のシャツとジーンズを着た澄霞の化粧品を借り、手早くメイクすること、数分。

皮肉なことに、こんなところで何度も女装と着付けを練習した成果が発揮された。

ぎりぎり三十分で彼女が頭につけていた付け毛まで装着し、みごとに澄霞に成り代わる。

「……すごいわ……ほんとにそっくり」

あまりに自分に似た仕上がりに、はたで作業を見守っていた澄霞も驚愕を隠せない様子だ。

「バレちゃうかもしれないけど、できるかぎり時間は稼ぐから。さぁ、早く裏口から逃げるんだ」

「ええ、ありがとう、爽人さん」

何度も礼を言い、澄霞は小走りで去っていった。

――バカ……なにやってんだよ、俺はっ！
彼女を見送りながら、自分のバカさ加減に腹が立ってくる。
こんなことをして、ただで済むわけがない。
なんとか結納はごまかせたとしても、澄霞が再び失踪《しっそう》してしまえば縁談は壊れる。
自分が手を貸したことも、すぐにバレるだろう。
それでも、こんなバカげたことに手を貸してしまったのは……。
――祐一郎さんを、誰にも渡したくなかったから……？
自分を突き動かした感情の激しさに、爽人は困惑する。
だが、このまま縁談が壊れれば、綾小路家は大変なことになるらしい。
縁を切ったものの、一応は母の実家だ。
その家が没落してしまう手助けを、果たしてしてしまってもいいのだろうか……？
思いは千々に乱れつつも、爽人はとりあえず結納の場へと急ぐ。
すると。
「ああ、澄霞さん！」
見ると、料亭の前でうろうろとしていた中年の女性が駆け寄ってくる。
「遅いんで心配しましたよ。お着物は大丈夫？」

どうやら仲人の女性らしい。

「すみません、帯が崩れてしまって。ホテルの方に直していただいていたんです」

すかさず澄霞になりきり、か細い声で返事をする。

「私たちもさっき着いたところで、本当にお待たせしてしまってもうしわけありませんわ。さ、まいりましょう。祐一郎さんがお待ちかねですよ?」

「はい」

とにかく、こうなってしまった以上は結納を乗り切るしかない。

爽人は覚悟を決め、仲人の女性の後に続いた。


個室に入ると、祐一郎とその隣に彼の両親が、そしてその向かいには澄霞の両親が座っていた。

黒塗りの立派な卓の上には、豪華な結納の品々がずらりと並べられている。

――これが叔父《おじ》さんか……。

初めて見た母の弟は、やはり血は争えないのか目鼻立ちが母によく似ていた。

さて、ここからが難問だ。

他人はなんとか騙せても、澄霞の実の両親には入れ替わりを見抜かれてしまうかもしれない。

内心緊張しながらも、爽人はなるべくうつむき加減で彼らの隣の席に正座した。

「大変お待たせして、もうしわけありませんでした」

しとやかに三つ指をつき、爽人は良家の令嬢を演じる。

「遅いから心配したぞ、澄霞。いや、本当にお待たせしました」

と、叔父、斉昭は『澄霞』が戻ったことにあからさまにほっとしているようで、入れ替わりに気づいた様子はなかった。

――よかった……バレてない。

まさか、娘の振り袖を他人が着ているはずもないという先入観も味方しているのだろう。

爽人も、ほっと胸を撫《な》で下ろす。

「いいんですよ。女性のお支度には時間がかかるものですもの。ねぇ、あなた？」

「ああ、こんなに素敵なお嬢さんが、うちの祐一郎のところに来てくれるなんて、まるで夢のようですよ」

と、祐一郎の両親はいたく澄霞を気に入っているようだ。

——祐一郎さんのご両親の望みを、俺が邪魔してしまうんだ……。

そう考えるともうしわけない気持ちでいっぱいで、爽人は顔が上げられなかった。

が、当の祐一郎は、なぜか無言のままだ。

おそるおそる様子を窺《うかが》うと、彼は表情を硬くし、ただ爽人を食い入るように見つめていた。

ひやり、と背筋に氷を当てられたような気がする。

——もしかして、入れ替わりがバレた、のか……？

恐れで、指先が震える。

もし本当のことを知られてしまったら、きっと彼に軽蔑《けいべつ》されてしまう。

それだけが怖かった。

「さぁ、それでは全員そろったところで、あらためて結納の儀を執《と》り行いたいと思います。皆さん、ご起立願います」

仲人の促しで、両家そろって椅子から立ち上がる。

と、その時。

「待ってください」

それを止めたのは、祐一郎だった。

「祐一郎さん、なにか？」

突然の制止に、その場に居合わせた一同の視線が彼に集中する。

そんな中、祐一郎は一つ大きく息を吐き、そして、言った。

「もうしわけありませんが、この縁談はなかったことにしていただきたいのです」

「ええっ!?」

いきなりの爆弾発言に、全員が息を呑む。

「バ、バカを言うなっ！　おまえだって、乗り気だったじゃないか。いきなりなにを言い出すんだ!?」

「そうですよ。この期《ご》に及んで、なにを言うの」

慌てた両親に諫《いさ》められるが、祐一郎の決意は固いらしく、静かに首を横に振る。

「今まで、僕は本当に人を好きになったことがありませんでした。だから誰と結婚しても大差はないと……今回、澄霞さんとの縁談をお受けしました。けれど、僕は出会ってしまったのです。運命の人に」

祐一郎の強い視線が、爽人を捕らえる。

その澄み切った瞳は、すべてを見透かしているかのようだ。

「その人でなければ、だめなんです。もう自分をごまかすことはできない。目をつぶって、なかったことになんかできないんです」

心が震えて、言葉にならない。

気のせいだと思い込もうとしても、祐一郎の言葉が自分に向けられたものであるかのように錯覚《さっかく》してしまう。

「綾小路家への援助の件は、縁談に関係なく、ビジネスの面でできうる限りのことはさせていただきたいと思っております。どうか、ご無礼をお許しください」

一通り謝罪し、祐一郎は深々と頭を下げた。

場はしん、と静まり返り、両家の親たちを困惑が押し包む。

「こ、こんな結納の場で、うちの娘に恥をかかせる気ですか!? あんまりだ!」

澄霞の父が、声を震わせて激昂《げっこう》する。

今にも掴みかかりそうな勢いに、爽人は反射的にその間に割って入った。

「待って、お父さま。わたくしもいけないの!」

このままでは、祐一郎が悪役になってしまう。

今、『澄霞』として伝えるべきことは伝えておかなければ。

爽人は彼女の代わりに、告白する。

「わたくしも……好きな方がいると祐一郎さんにお伝えしたのです。祐一郎さんは、ご自分が悪者になってわたくしを庇《かば》ってくださったんです」

その言葉に、祐一郎が驚きで目を見開き、爽人を見つめる。

「わたくしたちはお互い、それぞれに好きな方がいるのです。わたくしからもお願いいたします。どうか……この縁談は、なかったことに」

そして爽人も、澄霞の代わりに両家の親に向かって頭を下げた。

すると。

突然、祐一郎が爽人の腕を摑む。

「ゆ、祐一郎さん!?」

あっけにとられる親たちを尻目に、祐一郎は爽人を連行するように、足音も荒く部屋を出ていく。

縁談が壊れたにもかかわらず、ともにいなくなった自分たちを、親たちがどう思うか気が気でなかったが、祐一郎の足は止まらず、そのままホテルのロビーへと連れて行かれる。

「祐一郎さ……っ」

「部屋をお願いします」

爽人を無視し、祐一郎はフロントで部屋を取ると、再び爽人の腕を摑んでエレベーターへ乗り込んだ。

「祐一郎さん、痛い……」

摑まれた腕が痛くて、小声で訴えるが、祐一郎のかたくなな横顔がこちらを向くことはついになかった。

それで、確信する。

彼は、気づいている。

自分がにせものだということに。

目的の階でエレベーターを降りると、そのまま引き立てられ、爽人は彼が取った部屋に押し込まれた。

「あっ……！」

乱暴に突き飛ばされ、バランスを保てず、ベッドの上に倒れ込んでしまう。

振り袖の裾が乱れ、下から長襦袢《ながじゅばん》が覗いてしまっているのに気づき、爽人は急いでそれを直した。

「きみの、考えていることがわからない。いったいどういうつもりなんだ？　爽人くん」

はっきりと名を呼ばれ、爽人はびくりと身を震わせる。

やはり、彼は気づいていたのだ。

自分が澄霞ではなく、爽人だと。

「……いつ、気づいたの？」

「こないだきみの部屋に行って抱きしめた時、クルーズで会っていた澄霞さんと同じ香水の香りがした。まさか、とは思ったが、今日確信したよ。澄霞さんとは今日初めて会った。そして着付けを直して戻ってきたきみが、見合いで会い、ずっとデートしていた爽人くんだとね」

そうだった。

あの日、まさか祐一郎が自分の部屋に来るとは思っていなくて、シャワーを浴びる前だったのだ。

香水でバレるなんて、まぬけもいいところだ。

「……ずっと、だましていて、ごめんなさい」

ようやくのことで、それだけ口にするのが精一杯だった。

すると、さらに感情を刺激されたのか、祐一郎は平素にはない荒々しさで爽人を組み敷き、その両手をベッドの上に縫《ぬ》い止める。

「結婚なんて誰としても同じだ、そう思って見合いした。だがその女性は良家の令嬢のくせに妙に庶民的で、素直で、愛らしくて、僕は興味を惹《ひ》かれた。正直、まったく期待していなかったのに、見合いしてよかったとまで思ったよ。だが、このままなんの迷いもなく結婚できると思っていたら、きみが僕の前に現れた」

「祐一郎さん……」

「こんな気持ちになったのは、初めてだった。男の子のきみに惹かれるなんて、ありえないとずっと自分に言い聞かせた。だが、澄霞さんへの気持ちも止められない。僕が二人の間で、どれだけ悩んだか、わかっているのか？　当然だ！　どちらも同一人物だったんだから」

知らなかった。

彼がそこまで自分を想っていてくれたなんて。

一気に感情を吐露《とろ》すると、祐一郎が大きく息をつき、額を爽人の肩口に預ける。

拘束された手が外され、爽人はおそるおそる両手を伸ばして彼の頬に触れた。

拒否されるかと思ったが、祐一郎はそれを鷲摑《わしづか》み、くるおしげに手のひらに口付けた。

触れた唇の感触に、ぎゅっと胸が締めつけられる。

「こんなこと、言える立場じゃないけど……僕もどうしていいか、わからなかった……。男の爽人として、会うなんて夢にも思ってなかったんだ。でもあなたは、ただのバイトの僕にも分け隔《へだ》てなく優しくしてくれた」

「爽人くん……」

「ごめんなさい……あなたのしあわせのために、一度はあきらめようと思ったのに。どうしても我慢できなくて、ここに来ちゃったんだ……好きになって、ごめんなさい……っ」

それしか、言いようがなかった。

自分の考えなしの行動で、結局彼の縁談をぶち壊しにしてしまった。

なんて自分勝手なことをしでかしてしまったのだろう。

後悔にうちひしがれる爽人に、落ち着きを取り戻した祐一郎が告げる。

「乱暴にしてすまなかった」

ベッドの上で優しく爽人を抱き起こすと、祐一郎はあらたまってその手を取り、絨《じゅう》毯《たん》の上に片膝を突いてひざまずいた。

「きみが澄霞さんと入れ替わらなくても、どっちみち結納は中止させるつもりだったよ」

「……え？」

「言っただろう。結納にやってきた澄霞さんは、僕が好きになった人とは別人だった。それがわかった以上、悩むことはなにもない」

振り袖姿の爽人の手の甲に、祐一郎はそっと唇を押し当てる。

その所作は、まるで貴婦人の愛を乞《こ》う騎士のようだった。

「愛してる。きみ以外の、ほかにはなにもいらない」

短いけれど、これ以上はない愛の告白に、爽人の胸は震える。

表現しようのない幸福にどうしていいかわからず、ただぶんぶんと首を横に振っていた。

「……俺は、あなたにそんなこと、言ってもらえる資格なんかない……っ！　ずっと、騙してたのに……っ」

「だが、逆にこうなってよかったのかもしれない。きみたちが同じ人間なら、僕は不実な男にならずに済むからね」

「どうして？　……どうしてそんなに、優しいんだよ……っ」

もはや堪《こら》え切れず、爽人の頬を涙が伝う。

嬉しくても涙が出るものだと、爽人は初めて知る。

大粒の涙をぽろぽろと零す爽人に、祐一郎はスーツの内ポケットからハンカチを取り出し、優しく顔を拭ってくれた。

化粧が落ちかけていたので、丁寧《ていねい》に口紅まで拭ってくれると、爽人の素顔があらわになる。

寝乱れてしまった付け毛を外し、地毛を梳《す》いて整えてくれてから、祐一郎がしみじみと言った。

「化粧なんかしていなくたって、きみはとても素敵だ」

「祐一郎さん……」

あとは、振り袖を脱ぎ捨てるだけ。

それで自分は『澄霞』から爽人へ戻れる。

爽人の両手が帯締めに触れ、無意識のうちにそれを解きはじめた。

解いた帯揚げと帯締めをベッドの下に放り投げ、勢いがつくと、次は帯を。

焦《あせ》りながら身を捩《よじ》ると、振り袖の裾が割れ、ふくらはぎまであらわになった。

長い帯が邪魔でうまく脱げなくて、爽人は苛立《いらだ》つ。

大切なことを、告げなければ。

羞恥《しゅうち》で顔を上げられなかったが、思い切って叫ぶ。

「抱いて……っ、澄霞さんとしてじゃなく、爽人として」

「爽人くん……」

「こないだだって、こうしたかった。だから……っ」

皆まで言う前に、強い力で抱きしめられ、唇を塞《ふさ》がれた。

「……んっ……」

祐一郎も手を貸し、二人で協力して脱ぎ捨てた振り袖が床に落ち、伊達締《だてじ》めと腰紐《ひも》をほどけば、長襦袢がベッドの上に広がる。

はだけたそれから腕を抜けば、爽人は本来の自分の姿に戻った。

剝《む》き出しの肌に痛いほど彼の視線を感じ、思わず四肢を縮めてしまうと。

「もっとよく見せて。きみのすべてが見たい」

熱く耳朶《じだ》にささやかれ、爽人は乞《こ》われるままにおずおずと身体を伸ばした。

顔から火が出るほど恥ずかしいけれど、彼にはよく見てもらわなければならない。

これが本当の自分なのだと。

「綺麗《きれい》だ……」

「うそ……」

ため息混じりのそのつぶやきに、思わず反論してしまう。

「うそなもんか。きみはとても、綺麗だ」

「……ほんとに……？　男の俺で、ほんとに後悔してない……？」

それは爽人が、一番恐れていたことだった。

綺麗な女性の身体でなくて、もうしわけない気持ちでいっぱいだった。

すると祐一郎は無言で爽人の右手を取り、まずその甲に口付ける。

それから手首へ、肘《ひじ》へ。

そして二の腕に。

肩口を掠《かす》め、小さな胸の突起に。

彼の唇が触れ、爽人はびくりと身を震わせる。

「祐一郎さ……」

言葉で伝わらないなら、愛の証を行動で示す。

そう訴えるかのように、祐一郎は爽人の全身いたるところに、ついには足の爪先《つまさき》にまで口付けの雨を降らせた。

「だめ……っ、汚いよ……っ」

「きみの身体で汚いところなんて、どこにもない」

彼のキスだけで、全身に震えがくるほど感じてしまう。

まるで自分の身体が、自分のものでなくなってしまったようだ。

「祐一郎さん……恥ずかし……」

「困ったな。これから、もっと恥ずかしいことをするのに」

きわどいセリフに思わず涙に潤《うる》んだ瞳を上げると、祐一郎がこめかみにキスしてくれる。

「ごめん。あんまりきみが可愛いから、ついいじわるをしたくなる」

「祐一郎さんの……いじわるっ……」

「可愛いよ、爽人くん。本当に、食べてしまいたいくらいだ」

緊張と震えが伝わったのか、祐一郎が優しく包み込むように抱きしめてくれる。

――温かい……。

初めての行為に、恐怖心がないと言えば嘘になる。

だが、彼の体温に包まれると、今まで感じたことがないほどの深い安堵《あんど》感に包まれた。

――祐一郎さんになら、なにをされてもいい。

「……爽人って、呼んで」

たくましいその胸元に、子猫のように鼻先をすり寄せると、愛らしいしぐさに煽《あお》られたのか、祐一郎の愛撫《あいぶ》が一段と激しさを増した。

「……爽人」

「ぁ……んっ……っ」

無意識のうちに、舌ったらずな嬌声《きようせい》を上げてしまい、慌てて拳で口を押さえる。

気持ちがよくて、どうしていいかわからなくて。

爽人はただ、彼の大きな背中にしがみつくしかできない。

慣れない爽人をあやしながら、祐一郎は彼を傷つけないように入念に馴《な》らしてくれる。

その時間も恥ずかしくて耐えがたく、爽人はいやいやと首を横に振る。

「祐一……ろ……さ……も、やだ……っ」

「少しだけ、我慢して」

「やだ……今すぐ、して」

一刻も早く、彼のものにしてほしい。

子供のような駄々《だだ》をこねる少年の華奢《きやしや》な身体を抱きすくめ、祐一郎も我慢の限界に達したよ

うにその奥を開く。

「あ……あぁぁぁ……っ！」

圧迫感に悲鳴をあげると、のしかかっている祐一郎がなだめるようにキスをくれる。

灼熱《しゃくねつ》の杭《くい》に貫かれ。

「ぁ……ぅ……」

どくどくと、脈動が下肢《かし》に集中する。

それでも。

今、彼が自分の内にいるのだと実感するだけで、深い法悦《ほうえつ》が爽人を満たした。

「苦しい……？　やめようか……？」

「やだ……やめちゃやだ」

そこから先はもう、苦痛と快感がないまぜになって、わけがわからなくなって。

爽人は嗚咽《おえつ》を漏らしながら、彼をねだる。

「爽人……っ」

もはや衝動を抑えることも忘れ、激しく互いを貪《むさぼ》り合い、求め合う。

「好き……祐一郎さん、好き……っ」

「爽人……っ」

両手の指を絡め、相手の手を強く握りしめ。

二人は快感のきざはしを一気に駆け上がった。


汗に濡《ぬ》れた前髪を、祐一郎の指先が優しく梳《す》いてくれる。

「大丈夫かい……？」

「うん……」

まだ呼吸も整わないまま、爽人は薄い胸を喘《あえ》がせ、ベッドに仰臥《ぎょうが》する。

行為の最中は無我夢中だったが、やがて汗が引き、激情が去ると急に恥ずかしさが襲《おそ》ってきて、爽人は自分を抱きしめる男の胸に顔を埋めてしまった。

すると、祐一郎が狼狽《ろうばい》した声を上げる。

「すまない、無理をさせてしまった」

彼が動揺しているのがなんだかおかしくて、爽人はつい笑い出しそうになった。

「……ちがう。ちょっと、照れてるだけ」

自分が結納の場に乗り込み、結果的に祐一郎を略奪し、すぐ上の部屋で彼と関係を持ってしまったなんて。

こうなった今でさえ、まだこれが現実だと信じられないほどだ。

――そうだ、まだちゃんと話してなかった。澄霞さんと俺のこと。

肝心《かんじん》なことに思い至り、爽人はがばっと上体を起こして彼をふりかえる。

「俺の話、聞いてくれる？」

「ああ、もちろんだよ」

「本当のことを、話すよ、ぜんぶ」

爽人は今までの経緯《いきさつ》を、順序立てて彼に話して聞かせた。

自分の母が綾小路家を捨て、駆け落ちしたこと。

二十年も経ってから先方が跡継ぎを求めて接触してきたが、断ったこと。

縁を切る代償と報酬目当てで、家出した澄霞の身代わりに見合いをすることになったこと。

包み隠さず、すべてを話した。

「今さらこんないいわけしても、祐一郎さんを騙したことに変わりはないけど……」

もう一度、ごめんなさい、とつぶやくと、祐一郎は優しく爽人を抱き寄せてくれた。

「今まで、苦労してきたんだね……そんな事情も知らず、きみを責めたりして、悪かった」

「そんなことない……！　祐一郎さんが怒るのは当然だもの」

必死に言い募《つの》る爽人に、祐一郎はその頬を両手で包み込み、愛おしげに見つめた。

「無理に自分を悪く見せる必要はない。復讐だなんて言って、本当はきみは、綾小路家の人たちを見捨てられなかったから身代わりを引き受けたんだ。そうだろう？」

「……祐一郎さん」

「そんなきみだから、僕は好きになったんだと思う」

愛してるよ、とささやかれ、啄《ついば》むような甘いキスを送られる。

それをこそばゆい気分で受けながら、爽人は裸の肩をすくめた。

「なんだか……今でもまだ、信じられない気分」

「どうして？」

「だって、祐一郎さんみたいな人が、どうして俺なんかのこと、好きになってくれたのか、わからないんだもの」

「困るね。僕が好きな人のことを、勝手に卑下《ひげ》しないでくれないか」

わざと真面目《まじめ》くさった物言いで爽人を笑わせてから、祐一郎は続ける。

「考えてみれば、僕は恋愛不信だったのかもしれない。いやな言い方だけど、今まで寄ってくる女性はたくさんいたけれど、みんなが目の色を変えて追いかけているのは僕じゃなくて、高藤物産社長令息という肩書きだとわかってた。それでも最初は、真剣に付き合ってみようと努力はしたんだ。だけど、高価なブランド品を当然のようにねだられたり、金を無心されたりしているうちに、ほとほと嫌気が差してしまってね。もう恋愛なんて無駄なことはせず、政略結婚と割り切った相手と結婚すればいいと考えてしまったんだ。今考えると、かなり投げやりな選択だった」

「祐一郎さん……」

知らなかった。

なにもかもに恵まれているようにみえる彼に、そんな悩みがあったなんて。

「けれど、今はわかる。僕は本当の恋を知らなかっただけなんだ、とね。本気で誰かを愛してしまったら、今まで見えていた世界が百八十度変わってしまった。その人さえいてくれれば、なにもいらないと思うほど、誰かに恋い焦《こ》がれることが、こんなにもしあわせな気分にさせてくれるなんて、僕は今まで知らなかった」

シーツの下でお互いの身体を寄せ合い、二人は自然に手をつなぐ。

ほんの少しでも、触れ合っていたくて。

「ルナさんとマスターには、すごくお世話になったんだ。あらためてお礼を言わなきゃ」

「そうだね」

額を寄せ合うようにしながら、二人は今までの隔《へだ》たりを埋めるかのように、いつまでも話が尽きなかった。

◇◇◇

それから、一週間ほどがすぎ。

爽人はあいかわらずバイトと大学に追われる日々を送っていた。

祐一郎とはほぼ毎日メールか電話で連絡を取り合ってはいるが、縁談破棄《はき》の事後処理に追われているのか、祐一郎も多忙なようであの日以来会っていない。

バイト中、爽人は店の壁にかかっているカレンダーに目をやる。

——実は、今日は誕生日だったりして……。

まだ祐一郎にそんな話をする暇がないので、彼が知っているはずがないのだが、それでも今日くらいは会いたかったな、とつい考えてしまう。

——祐一郎さん、今日は仕事で遅いって言ってたからな……おとなしく一人ですごすか。

本音を言えば、母を亡くして以来一人きりの誕生日は苦手だ。

まるで世界中でたった一人になってしまったような気がするから。

彼は忙しい身なのだからと我慢するが、それでもほんの少し爽人がへコんでいると。

「爽人くん、今日はそろそろ看板にしようか」

「え？ もうですか？」

ふだんの終業時間より一時間も早く、マスターが店じまいをはじめる。

めずらしいなと思いつつも、爽人は言われるままに店の玄関の札を『閉店』に裏返し、店内へ戻る。

「もう上がっていいよ。あ、でも着替え終わったら、もう一度店に戻ってくれる？」

「？ はい、わかりました」

不思議な申し出に首を傾《かし》げつつも、爽人はロッカーで制服から私服に着替え、言われた通り再び店に戻る。

見ると、さっきまでは確かについていた店の灯りが、なぜかすべて消えていた。

「マスター……？ 戻りましたけど」

おそるおそる声をかけ、暗闇の中に一歩足を踏み入れると。

「わっ!!」

突然破裂音が鳴り響き、度肝《どぎも》を抜かれた爽人はその場に尻餅《しりもち》をつきそうになってしまった。

「な、なに？」

わけがわからず呆然《ぼうぜん》としているうちに、部屋の電気がいっせいに点《つ》き、店内を照らし出す。

そこにはいつのまに集まったのか、マスターとルナ、それに彼女と同じ店に勤めるニューハーフたち数人がクラッカー片手に立っていた。

「マスターにルナさん⁉　それに、みんなも……」

「誕生日おめでとう！　爽人ちゃん」

テーブルの上には、いつのまに用意したのか、おいしそうな料理の数々が並べられ、シャンパンの用意もされている。

「おめでと〜〜爽人ちゃん」

「二十一歳の誕生日なのね。若くてうらやましいわぁ」

「ほんとほんと、あたしなんか二十一なんて百万光年彼方《かなた》の昔よぉ」

しゃべり出したら止まらない彼女らに、歓迎と称してもみくちゃにされながらも、爽人はまだ驚きで声も出ない。

「爽人ちゃんにも、ついに恋人ができたのね〜〜めでたいわぁ」

「今日は誕生日兼、そのお祝いでもあるんですよ」

と、マスターがにこにこと告げる。

「え、ええっ!? こ、恋人って……？」

「なによぉ、とぼけちゃって。高藤さんとのこと、私たちが気づいてないとでも思ってたの？」

「ええっ!?」

「あれでわからなければ、私たちはそうとう鈍い人だと思われていたことになりますね」

「そうそう、爽人ちゃん、ばっちり恋に潤《うる》んだ瞳してたものね♡」

「そ、そうだったんですか!?」

そこまで感情をだだ漏《も》れにしていた自覚がなかった爽人は、激しいショックを受けた。

そうこうするうち、ルナが小走りで店の玄関に向かい、ノブに手をかけてもったいぶる。

「は～い、みなさん、注目！ 今日はスペシャルゲストをお呼びしてま～す！ 爽人くん、誰だか当ててみて」

「え……まさか……？」

「じゃ～ん！」

とまどう爽人の目の前で、ドアが開かれ。

そこには祐一郎と、そしてその背後には、なんと澄霞が立っていた。

「祐一郎さん⁉　それに澄霞さんまで……」

　驚く爽人の前に進み出て、澄霞は抱えていた大きな花束を手渡す。

「お誕生日おめでとうございます、爽人さん」

「ありがとう……」

　なにが起こっているのか、まだ把握《はあく》しきれていない爽人に、祐一郎がささやく。

「きみをびっくりさせたくて、直前までないしょで準備を進めていたんだ。驚いたかい？」

「祐一郎さん……」

　すると、美形の祐一郎の登場にニューハーフたちがわらわらと寄ってきて取り囲む。

「ちょっと、こちらが爽人ちゃんの彼氏？　噂通りのいい男ね～」

「ほんとほんと♡　今日はいい男見られるっていうから、楽しみにしてきたのよ～！　イケメン眺めながら飲む酒はサイコーよね！」

「あんたは、いつだって飲めりゃいいんでしょうが」

「ちょっと、爽人くん。今日のお料理はみんなの持ち寄りなのよ。このフライドチキン、あたしが作ってきたの。おいしいから食べて食べて！」

「あたしのサラダにはかなわないけど、あんたにしちゃがんばったじゃないの」

「なんですって～⁉」

と、大騒ぎだ。

「はい、こちらに注目〰〰〰!」

収拾がつかなくなったところで、ルナがぱんぱんと両手を叩き、一同の注目を集める。

マスターがしずしずと押してきたトレイには、大振りの白い箱が乗っている。

「爽人くん、開けてみて」

「う、うん」

おそるおそる、その蓋《ふた》を開けてみると。

「じゃじゃ〜ん、これは祐一郎さんが特注しておいてくれた、誕生日ケーキよ!」

そこには全員が食べてもまだ余りそうなほど、大きなホールケーキが乗っていた。

大粒のいちごの間には、爽人の年齢と同じ数の、二十一本のろうそくに灯りが灯されている。

そこで爽人は、全員のバースデーソングに囲まれ、思い切りそれを吹き消した。

「お誕生日、おめでとう!」

「おめでと〰〰〰♡」

「みんな……ほんとに、ありがとう」

彼らの気持ちが嬉しくて、爽人は胸が熱くなった。

周囲に認められて結婚できる『澄霞』が、うらやましくなかったと言えば嘘《うそ》になる。

最愛の人と結ばれたが、決して人に祝福される関係ではないと思っていた。

けれど。

——ちゃんと、いるじゃないか。俺たちを祝福してくれる、友達が。

肉親とは早くに縁をなくした爽人だったが、周囲の友人たちには恵まれていることを深く感謝した。

そして大騒ぎの中、みんなが腕によりをかけて持ち寄ってくれた手料理を全員でいただく。

あまりの騒がしさに、お嬢さまの澄霞は引いているかと思いきや、案外楽しそうだ。

「じゃ、あたしたちは店に戻らなきゃいけないから、ここで失礼するわね」

料理もあらかた平らげ、一段落つくと、ルナたちニューハーフ軍団が腰を上げる。

「ルナさん、みんなも、ほんとにありがとう。すごく嬉しかった」

心から礼を言う爽人にウインク一つ残し、ルナたちが店を出ていく。

あとには爽人たちとマスターだけが残され、気を利かせたマスターが片付けをよそおって席を外したため、爽人と祐一郎、それに澄霞は初めて三人になった。

「よけいなお節介だとは思ったんだが、綾小路家と接点は持たなくても、澄霞さんとだけはつながりを持っておいたほうがいいと思ったんだ。だって彼女は、きみと血のつながった、大切な肉親なんだからね」

「祐一郎さん……」

彼は、自分が天涯孤独《てんがいこどく》になったことを気にしてくれていたのだ。

その心遣いが、涙が出るほど嬉しかった。

「私も、もう一度きちんと爽人さんにお礼が言いたかったから、今日祐一郎さんに連れてきていただいて、本当に嬉しかったわ」

澄霞も、喜びに涙をにじませながら告げる。

「澄霞さん……」

「祐一郎さんの働きかけで、なんとかうちも破産は免《まぬが》れそうなの。お二人のおかげで、私たち、逃げずに結婚することができるのよ。本当に……本当にありがとう」

これで、澄霞は母のように駆け落ちして苦労することはなくなったのだ。

それだけはよかったな、と爽人は思った。

「よかったね、澄霞さんも、おしあわせに」

「ええ、ありがとう」

この身代わりの一件がなかったら、きっと従妹《いとこ》の澄霞と会うこともなかっただろう。

そう考えると、人との縁は不思議だなと爽人は思った。

夜も更《ふ》けたので、澄霞をタクシーで帰らせ、爽人はマスターとともにパーティの後片付けを手伝う。

祐一郎も手伝ってくれたので、作業はすぐに済んだ。

マスターにも丁重《ていちょう》に礼を告げ、二人は店を後にする。

「少し、歩こうか」

「うん」

すぐ車を呼ぶことは簡単だったが、一刻も早く二人きりになりたくて、二人はすっかり深夜になった繁華街《はんかがい》をそぞろ歩く。

「今日はすっごく嬉しかった。ありがと」

爽人が礼を言うと、祐一郎は無言で手をつないできた。

「……人に、見られるよ？」

「かまわない」

あっさり言い切り、平然と歩く。

あまりに彼がどうどうとしているので、爽人もされるがままに歩調を合わせた。

するとー。

「爽人」

「ん？」

「僕のマンションで、いっしょに暮らさないか？」

「……え？」

唐突な申し出に爽人は驚いたが、祐一郎は真剣だった。

「夜のバイトで生活費を賄《まかな》いながら、大学へ通う生活はきみに負担をかけている。せめて家賃と生活費が出ないようになれば、楽になって勉強に集中できると思うんだ」

「でも、そんな……祐一郎さんに甘えるばっかりなこと」

できない、と続けようとするのを、彼がさえぎる。

「どうしても世話になりたくないというなら、出世払いという手もある。いや……本当のことを言う。そんなのは、ただの建前だ。本当は僕が、きみを放したくないからなんだ。きみのそばにいたい。食事も一日三食きちんと摂《と》らせたいし、夜はちゃんと眠らせたい。頼むから、いっしょに暮らすと言ってくれないか？」

「祐一郎さん……」

酔客が行き交い、生ゴミが放置されている雑然とした歩道で、二人は自然に立ち止まる。

「……すまない、こんなムードのない場所で言うつもりじゃなかったんだが」

と、祐一郎が真剣に後悔しているので、爽人は思わず微笑む。

「祐一郎さんといっしょにいるなら、俺にとってそこがどこだって最高の場所だよ」

「……爽人」

こう言うとまた祐一郎に叱られてしまうので、爽人は心の中でだけつぶやく。

俺なんかのこと、そこまで大事に想ってくれてありがとう、と。

そして、彼に向かってぺこりと一礼する。

「ふつつか者ですが、どうかよろしくお願いします」

「え……？　それはオッケーという意味かい？　そうなんだね!?」

ガラにもなく完全に舞い上がった祐一郎が、いきなり爽人を抱き上げ、ぐるぐると振り回しはじめる。

「ちょ、ちょっと!?　祐一郎さん!?」

「ああ、神様。感謝します。僕以上のしあわせ者は、他にはいないな。なんたって、きみみたいな素敵な子を恋人にできたんだから！」

するとと、爽人はムキになってそれを否定する。

「ちがうよ、祐一郎さんみたいな人に選んでもらえた、俺のがしあわせだもん」

「いいや、僕だ」

くだらない言い合いの末、つい顔を見合わせて噴《ふ》き出してしまう。

「これって、はたから聞いたらノロケかな？」

「確かに、ね」

「じゃ、二人とも同じくらいしあわせだってことで」

「そういうことにしておこう」

話がまとまったところで、二人は再び手をつないで歩き出す。

――この先もずっと、こうしていければいいな。

それが爽人の願いだった。

天涯孤独だった自分に、新しい家族を与えてくれたことを、祐一郎と同じように心から神に感謝する。

「さて、それじゃまずは僕たちの新居をきみに披露《ひろう》しようか」

そう言って、実に魅力的な笑顔をくれる最愛の人に、爽人は元気よくうなずいてみせたのだった。

あとがき

こんにちは、真船《まふね》です。

「身代わり花嫁のキス」、いかがだったでしょうか？

今回、初の女装ものに挑戦してみましたが、いや〜〜振り袖《そで》って萌《も》えますね！

着物受けに目覚めてしまいそうな勢いです。

書いている途中に、祐一郎《ゆういちろう》はなんだかむっつりスケべっぽいな……と思いました（笑）。

彼と同居したら、爽人《あきと》はベッタベタに甘やかされそうですね。

そういう妄想《もうそう》も、また楽しかったり♡

この二人には、末永くラブラブでいてほしいと思います。

作者的には、とても楽しんで書かせていただきました。

読んでくださった皆さまにも、この萌えが少しでも伝わるとよいのですが。

今回は、以前からひそかに憧《あこが》れていた緒田涼歌《おだりょうか》先生にイラストをお引き受けいただけました。

個人的にも、とても嬉《うれ》しかったです。

表紙の素敵なことといったらもう！（↑大興奮）

ラフをいただき、担当さまとも大盛り上がりでした。

爽人が本当に可愛《かわい》いです！

祐一郎も紳士で素敵♡

フェロモンたっぷりの流し目にノックアウトです（↑死語）。

緒田先生。お忙しいところを、本当にありがとうございました！


さて、あとがきが四ページもあるのですが、近況といえるほどのできごとがなにもない私……。

あいかわらず仕事&雑事に追われる日々で、まだ旅行にも行けてません……（涙）。

最近変化があったといえば、書店で偶然本を見かけて始めた、朝バナナダイエットくらいでしょうか（笑）。

やり方はいたって簡単で、朝食に食べるものをバナナと室温程度の冷たくないお水のみに替えるのです。

お昼と夜は、ふつうに食べていいとか。

ちなみにバナナは何本食べてもオッケーらしいのですが、味に飽《あ》きちゃうので私は二本程度しか食べられません。

バナナが消化によいせいか、お昼までにモーレツにおなかがすきます。

ランチがとってもおいしく感じてしまうので、なんか逆効果な予感……？（笑）

でもバナナは大好きなので、しばらく続けてみようと思ってます。

とは言え、あれこれ試してみても焼け石に水なんですけどね……まずなにより先に、甘味をやめろって話なんですよね。ええ、わかってるんですよ、わかってるんですけどね。うふふ
（↑乾いた笑い）


さて、次作ですが。

やりはじめて少々癖《くせ》になったので、次も女装絡《がら》みのお話を書かせていただきたいと思ってま

す。

また読んでもらえたら、これに勝《まさ》る喜びはありません。

それでは、次の本でまたお目にかかれるのを祈って……。

よかったら、ご意見感想などを聞かせてくださいね！

真船　るのあ

※この作品はフィクションです。実在の人物・団体・事件などにはいっさい関係ありません。

この作品のご感想をお寄せください。

真船るのあ先生へのお手紙のあて先
〒101－8050　東京都千代田区一ツ橋2－5－10
集英社コバルト編集部　気付
真船るのあ先生

まふね・るのあ

3月26日生まれ。牡羊座のA型。神奈川県出身・在住。白泉社花丸新人賞を受賞し、'95年に商業誌デビュー。コバルト文庫に『きらきら』『すれちがいなキス』『きみと千年廻恋』『双翼紅夢』『俺サマなハニー♡　南凰学園クラブハウス日誌』『俺サマなハニー♡　世界は恋するふたりのために♡』がある。趣味は読書とお散歩にウインドウショッピング。お酒も喫煙もたしなめないせいか、かなりの甘い物好き。食後のお菓子とチョコは欠かせません♡　一度でいいので体重やカロリーを気にせず、ケーキを食べまくるのが夢です。

身代わり花嫁のキス

COBALT-SERIES

2008年7月10日　第1刷発行

★定価はカバーに表示してあります

著　者　真船るのあ
発行者　礒田憲治
発行所　株式会社　集英社
〒101－8050
東京都千代田区一ツ橋2－5－10
電話　東京　(3230) 6268（編集部）
(3230) 6393（販売部）
(3230) 6080（読者係）

印刷所　大日本印刷株式会社

ISBN978-4-08-601188-4　C0193

自分に"嘘"をつきました。
そばにいたくて――。

すれちがいなキス

真船るのあ

イラスト／樹　要

亡くなった従兄・一哉の親友の智雪に片思いする千夏。一哉を忘れられない様子の彼に、告白すらできずにいた。が、ある日クラスメートの小菅が智雪と付き合っていると聞いて!?